DÖRLEMANN

Claude Anet

Ariane

Liebe am Nachmittag

Roman

Aus dem Französischen übersetzt
und mit einem Nachwort versehen
von Kristian Wachinger

DÖRLEMANN

Die französische Originalausgabe »Ariane, jeune fille russe«
erschien 1920 bei Éditions de la Sirène, Paris.

Der Übersetzer dankt dem Deutschen Übersetzerfonds
für die Förderung.

Dieses Buch ist auch als Dörlemann eBook erhältlich.
eBook ISBN 978-3-03820-978-2

Neuübersetzung

Umschlaggestaltung: Mike Bierwolf
Umschlagfoto: © imago images/United Archives; Audrey Hepburn,
Love in the Afternoon 1957, Allied Artists
Porträt Seite 5: © Süddeutsche Zeitung Photo/Alamy Stock Photo
Satz: Dörlemann Satz, Lemförde
Druck und Bindung: CPI – Clausen & Bosse, Leck
ISBN 978-3-03820-078-9
www.doerlemann.com

Claude Anet

Erster Teil

(Gewissermassen als Vorrede)

I
Vom Hotel London zum Znamenski-Gymnasium

Ein Himmel von geradezu morgenländischer Klarheit, ein schöner heller, leuchtender Himmel lag blau wie persischer Türkis über den Häusern und Gärten der Stadt, die noch schlief. In der Stille des Morgengrauens war nur das Pfeifen der Spatzen zu vernehmen, die in wilder Jagd über die Dächer und über die Zweige der Akazien hinwegflogen, das lustvolle Gurren einer Turteltaube hoch in einem Baumwipfel, und in der Ferne das gelegentliche Rumpeln der Achsen eines Bauernkarrens, der nur langsam vorankam auf dem unebenen Pflaster der Sadowaja, der eleganten Hauptstraße der Stadt. Am menschenleeren Domplatz, einer ausgedehnten Sandfläche, lag hinter einer hölzernen Wand der Wirtschaftshof des Hotel London mit seinen drei Stockwerken, dessen eintönige, langgezogene Vorderfront aus grauem Steinmauerwerk entlang der Sadowajastraße lag, trostlos, ohne Balkone, ohne Pfeiler, ohne Säulen, ohne jeden Zierrat.

Das Hotel London, das erste Haus am Platze, war

für seine gute Küche bekannt. Junge Leute aus wohlhabendem Hause, Offiziere, Unternehmer und Adel waren die Klientel seines berühmten Restaurants, wo ein Ensemble aus drei abgemagerten Juden und zwei Ukrainern nachmittags, abends und bis tief in die Nacht mittelprächtige Potpourris aus *Eugen Onegin* und *Pique Dame*, schwermütige Volkslieder und Zigeunerweisen in stampfenden Rhythmen spielte. Was für herrliche Vergnügungen hatte es in diesem angesagten Restaurant gegeben, was für glanzvolle Abendessen, was für ›Orgien‹ – um den Ausdruck zu verwenden, der damals bei uns im Schwange war, wenn die Rede auf die Feste im Hotel London kam!

Das Restaurant des Hotels bestand aus zwei unterschiedlich großen Sälen. Aber es gab keine Nebenräume. Wer abseits der Menge speisen wollte, nahm deshalb im ersten Stock eine Suite aus Salon und Schlafzimmer, die Leo Davidowitsch, der Hotelportier, stets für seine Stammgäste freihielt.

Dieser Leo, ein Jude mit engstehenden, glanzlosen Augen, war der Alleinherrscher im Haus und eine der bekanntesten Persönlichkeiten der Stadt. Die Honoratioren der Gegend suchten seine Freundschaft und verweilten stets kurz im Foyer, um ein paar freundliche Worte mit ihm zu wechseln. Leo war verschwiegen – und Verschwiegenheit und Anstand kann man beim Portier eines so angesehenen Hotels gar nicht hoch genug schätzen. Wie viele rosa Scheine, ja selbst Fünfundzwanzigrubelnoten mochte er stumm angenommen haben, ohne die geringste Regung in seinem blassen Gesicht, Geldscheine, die ihm die fiebrige Hand eines Mannes zusteckte, der aufgewühlt war von der Vorstellung, hier Unterschlupf für ein Liebesabenteuer zu finden. Die Anzahl von Männern, die das Geheimnis ihrer Glückseligkeit sicher verwahrt sehen wollten, scheint nicht gering gewesen zu sein, denn Leo Davidowitsch besaß immerhin drei Häuser. Daran ist zu erkennen, wie hier das Geld floss, mühelos verdient und freudig mit vollen Händen ausgegeben, und dass das Leben in unserer Stadt feurig war wie die glühenden ländlichen Sommertage in diesem südlichen Regierungsbezirk, dessen Hauptstadt sie war. Wer es in dieser Provinz zu Geld brachte, ob in Bergbau, Industrie oder Landwirtschaft, dachte sehnsüchtig an die unvergesslichen Feste des Hotel London und an die französischen Weine, die er dort noch in Gesellschaft liebenswürdiger Frauen trinken würde.

Eines der drei Häuser von Leo Davidowitsch stand an einer abgelegenen Straße in der Vorstadt, nicht weit von der Landstraße, über die in der Abenddämmerung und nachts schöne Traber, eine Zierde unserer Gegend, im Einspänner Pärchen hinter sich herzogen, die darauf aus waren, in Windeseile über die glatte und gut gepflegte Straße zu huschen. Leo dachte daran, später einmal das Erdgeschoss dieses Hauses zu beziehen. Doch zunächst hatte er nur das obere Stockwerk möbliert und dort eine mürrische alte Frau untergebracht. Zahlreiche Leute hatten angeklopft, ob hier zu vermieten sei, denn Wohnungen waren knapp in der Stadt, die in den vergangenen Jahren außerordentlich rasch gewachsen war. Die Antwort der alten Hexe war stets die gleiche gewesen: Die Wohnung sei reserviert. Doch es kam kein Mieter, und manches schlichte Gemüt fragte sich, warum Leo auf eine vorteilhafte Mieteinnahme verzichtete. Andere zuckten die Achseln. Oft sah man allerdings eine Kutsche vor der Tür des kleinen Hauses anhalten, und obwohl die Gardinen sorgfältig zugezogen waren, fiel noch spät in der Nacht Licht durch die Fenster.

In der frühen Morgenstunde, da diese Erzählung beginnt, in der ersten Dämmerung eines warmen Tages Ende Mai, war das große Tor des Hotel London geschlossen, das elektrische Licht in Foyer und Restaurant seit langem abgeschaltet. Knarrend öffnete sich die kleine Tür in der Holzwand zum Wirtschaftshof.

Ein junges Mädchen trat auf die Schwelle und blieb einen Augenblick zögernd stehen.

Sie trug die Uniform des bekanntesten Gymnasiums der Stadt, ein schlichtes braunes Kleid mit schwarzglänzender Schürze. Diese Strenge hatte sie abgemildert durch einen weißen Spitzenkragen, der ein wenig zerknittert wirkte, und das Kleid war entgegen der Vorschrift leicht ausgeschnitten und zeigte die dezente Anmut eines schlanken Halses; darauf wiegte sich in sanfter Bewegung ein kleiner Kopf, auf dem sie einen weißen Strohhut mit breiter Seitenkrempe trug, die von einem unter dem Kinn geknoteten schwarzen Band hochgehalten wurde. Das Mädchen wandte den Kopf nach allen Seiten, um die menschenleere Straße zu begutachten. Nach diesem kurzen Innehalten ging sie den Bürgersteig hinab. Hinter ihr erschien ein zweites Mädchen, ein paar Jahre älter, blond, etwas rundlich und schwerfällig im Gang, einen schwarzen Seidenrock und eine Batistbluse unter einem leichten Übergangsmantel.

Das Mädchen in Gymnasiastinnenuniform streckte sich, hob das Gesicht zum Himmel, sog die frische Luft tief ein wie ein Glas kühles Wasser und sagte lachend:

»Was für eine Schande, Olga, es ist schon taghell!«

»Ich wollte schon längst heimgehen«, sagte sie

mürrisch, »ich weiß nicht, warum du so spät dran bist … Wobei, eigentlich weiß ich es doch. Und ich muss um zehn im Büro sein! Petrow, der alte Tyrann, wird mich ausschimpfen. Und ich hab viel zu viel Champagner getrunken …«

Die Gymnasiastin sah sie mitleidig an, zuckte, wie sie es gern tat, mit der linken Schulter und blieb eine Antwort schuldig. Sie ging mit schnellen Schritten, ließ beschwingt und fröhlich die allzu hohen Absätze ihrer offenen Schuhe klacken, blickte mit freien Sinnen um sich und genoss es, nach einem verrauchten Raum nun die unerwartete Frische des Frühlingsmorgens um sich zu haben. Zusammen überquerten die beiden den großen Domplatz und gingen dann ihrer Wege, nicht ohne sich für den nächsten Abend verabredet zu haben.

Die Gymnasiastin wollte gerade in eine Straße links vom Dom einbiegen, da hörte sie eilende Schritte hinter sich und drehte sich um. Ein hochgewachsener Schüler in Uniform, Pickel und Hacke mit Goldfaden ins Mützenband gestickt, kam hinter ihr hergelaufen.

Sie blieb stehen. Ihr Gesicht nahm einen harten Ausdruck an, ihre langen Augenbrauen runzelten sich, so dass der Schüler, der sie unverwandt angesehen hatte, unsicher wurde. Voller Nervosität sagte er:

»Vergeben Sie mir, Ariane Nikolajewna … ich

habe gewartet, bis Sie allein waren … Ich konnte Sie doch nicht so verlassen … Nach allem, was geschehen ist …«

Mit schneidender Stimme unterbrach sie ihn:

»Was bitte soll geschehen sein?«

Die Verunsicherung des jungen Mannes wurde noch größer.

»Ich weiß nicht …«, stammelte er, »ich weiß nicht, wie ich es Ihnen sagen soll … Ich dachte … Sie nehmen es mir übel? Ich bin verzweifelt … Ich möchte es lieber gleich wissen …« Und, völlig aus der Fassung, schloss er: »So kann man doch nicht weiterleben.«

»Gar nichts nehme ich Ihnen übel«, erwiderte Ariane Nikolajewna geradeheraus, »merken Sie sich das ein für alle Mal: Ich bereue nie, was ich getan habe. Aber denken Sie auch daran, dass ich Ihnen verboten habe, mich auf der Straße anzusprechen … Oder haben Sie das schon vergessen?«

Nach einem kurzen Zögern unter den kalten Blicken des Mädchens machte er auf dem Absatz kehrt und ging wortlos weg.

Ein paar Minuten später stand Ariane Nikolajewna vor einem großen Holzhaus. Im Erdgeschoss befanden sich Geschäfte. Sie stieg ins obere Stockwerk, nahm einen Schlüssel aus der Handtasche und schloss die Tür vorsichtig auf.

Es war still in der Wohnung, nur das Ticken einer großen Wanduhr im Esszimmer war zu hören. Auf Zehenspitzen durchquerte das Mädchen einen langen Flur und stieß die Tür zu einer Kammer auf, wo auf dem schmalen Bett eine junge Frau schlief, mit offenem Mund, halb angekleidet.

»Pascha, Pascha«, sagte sie.

Die Bedienstete schrak aus dem Schlaf hoch und wollte aufstehen.

»Weck mich um neun«, sagte Ariane und drückte sie zurück aufs Bett, »um neun, verstanden? Am Vormittag habe ich eine Prüfung.«

»Schon gut, Ariane Nikolajewna, ich werde es nicht vergessen ... Aber es ist ja schon hell. Dass Sie so spät heimkommen! Um Gottes willen, passen Sie auf sich auf. Warten Sie, ich komme und entkleide Sie«, setzte sie hinzu und machte noch einen Versuch, aufzustehen.

»Nein, Pascha, mach dir keine Mühe. Schlaf noch ein wenig. Gott sei Dank kann ich mich selber an- und ausziehen. Bei dem Leben, das ich führe, geht das auch gar nicht anders.« Sie musste lachen.

Wenig später war alles still in dem großen Haus an der Dworanskajastraße.

Um zehn Uhr am selben Tag nahmen im angesehenen Gymnasium von Madame Znamenskaja der Geschichtslehrer Pawel Pawlowitsch und zwei weitere Lehrer als Beisitzer die Abschlussprüfung ab.

In dem hellen und sparsam möblierten Saal mit großer Fensterfront saßen zwei Dutzend Mädchen. Zwischen ihnen flogen Gesprächsfetzen leiser Unterhaltung hin und her, geflüsterte Bemerkungen, kurze, fieberhaft ausgetauschte Sätze. Lebhafte Augen strahlten in blassen Gesichtern; manche Schülerinnen blätterten hastig im Geschichtsbuch, andere verfolgten mit Anteilnahme, was auf dem Podium vor sich ging.

Das Thema für die fünfminütige mündliche Prüfung wurde ausgelost, und ebenso viel Zeit blieb der jeweils nächsten Kandidatin zum Nachdenken, wofür sie an einem kleinen Tisch nebenan Platz nahm. Während Ariane Nikolajewna wartete, bis sie an der Reihe war, zerknüllte sie das Blatt Papier in der Hand, das sie vor den Augen von Pawel Pawlowitsch gezogen hatte.

Zwei Stunden Schlaf hatten ausgereicht, um ihr ihre fast kindlich frische Gesichtsfarbe wiederzugeben. Ihre hellgrauen, eher kleinen Augen lagen geschützt unter den lang geschwungenen Brauen, die an der Nasenwurzel fast aufeinandertrafen. Ihre Nase war gerade und ebenmäßig. Der fein gezeichnete Mund war geschlossen. Ariane verlor sich nicht in Gedanken über den Gegenstand, zu dem sie gleich befragt werden würde, sondern hörte der Schülerin zu, die vor den Prüfern stand und nur verlegene Antworten gab. Arianes graue Augen unter den schwarzen Brauen funkelten, und es war zu sehen, wie sehr sie sich zusammennehmen musste, um ihrer Mitschülerin nicht im Flug zu Hilfe zu kommen.

Eine Aufseherin, die etwas abseits saß, schaute auf ihre Taschenuhr und verließ den Raum. Zwei Minuten später führte sie die Direktorin herein. Die Prüfer beeilten sich, ihr ihren Platz anzubieten. Madame Znamenskaja wehrte mit einer Handbewegung ab und setzte sich etwas weiter hinten auf den Stuhl der Aufseherin.

Ein Murmeln war durch den Saal gegangen. Die Mädchen kommentierten leise, was sie beobachteten.

»Da ist sie ja mal wieder.«

»Sie kommt immer, wenn Ariane dran ist.«

»Eine Schande! Sie bevorzugt sie.«

Kaum hatte sich die Direktorin gesetzt, da klopfte Pawel Pawlowitsch schüchtern auf den Tisch und sagte zu der Schülerin:

»Danke schön.«

Sie trat vom Podium herab, ging an ihren Platz und barg das zunehmend gerötete Gesicht in ihrem Taschentuch.

Mit zögernder Stimme rief der Lehrer:

»Kusnetzowa.«

Ariane trat vor.

Mit gesenktem Blick fragte der Lehrer:

»Welches Thema haben Sie?«

»›Der Prälat von Nowgorod‹.«

Und ohne abzuwarten, dass man ihr Fragen stellte, begann Ariane mit ihrem Vortrag. Mit ihrem präzisen Ausdruck versetzte sie die Zuhörer in Erstaunen. Die verwickeltste Angelegenheit wurde klar, wenn sie darüber sprach, der verworrenste Sachverhalt überschaubar. Sie ordnete alles nach Wichtigkeit, verlor sich nicht in Einzelheiten und zeichnete ein erhellendes Gesamtbild, in dem jedes Detail seinen Platz hatte.

Die Prüfer genossen es, ihr zuzuhören, wie man einem großen Musiker in einem Konzert zuhört. Pawel Pawlowitsch ließ sie nicht aus den Augen, und im ungerührten Gesicht der Direktorin war zu lesen, mit welcher Anteilnahme sie dem geschmeidigen und treffenden Ausdruck von Ariane Nikolajewna folgte. Im Saal waren alle Augen aufs Podium gerichtet.

»Eine Eins mit Stern«, sagte ein Mädchen.

»Mit Auszeichnung und Goldmedaille«, murmelte eine andere.

»Schau dir Pawel Pawlowitsch an«, flüsterte eine Dritte, »er ist in sie verliebt, das sieht man doch.«

»Das weiß ich schon lange«, sagte ein blasses, ernstes Mädchen.

Nach fünf Minuten unterbrach Pawel Pawlowitsch Ariane Nikolajewna.

»Das genügt, Kusnetzowa, vielen Dank.«

Das Mädchen stieg vom Podium herab. Einer der Prüfer wandte sich zu seinem Kollegen:

»Wirklich ein begabtes Kind«, sagte er leise.

Eine Stunde später war die Prüfung zu Ende. Während die Schülerinnen den Saal verließen, blieb Ariane noch da und sprach mit der Direktorin. Die Unterhaltung zog sich in die Länge, nun waren sie allein im Raum. Schließlich neigte sich Madame Znamenskaja in einer Anwandlung von Zärtlichkeit, die das Mädchen verblüffte, ihr zu, gab ihr einen Kuss und sagte:

»Wohin es Sie auch verschlagen mag, Ariane, vergessen Sie nicht, dass ich Ihre Freundin bin.«

Dann ließ sie sie allein.

Im Vorraum warteten zwei Mädchen auf Ariane Nikolajewna. Sie tuschelten mit kleinen, rasch unterdrückten Lachern. Die eine war groß, schmal und blass und bewegte sich ungelenk, die andere war hässlich, mit kleinen Augen und Stupsnase, aber frech und quirlig. Beiden gemeinsam war der schlechte Ruf, den sie genossen; sie trugen öfter Schmuck von zweifelhafter Herkunft, denn sie kamen beide aus armen kleinbürgerlichen Familien. Sie gesellten sich zu Ariane, tätschelten und beglückwünschten sie im Gehen und sagten ihr tausend Schmeicheleien.

»Hören Sie zu, Ariane«, sagte die Größere von den beiden, »wollen Sie nicht mit uns zu Abend essen? Wir treffen ein paar Leute … Im neuen Landhaus, das Popow gerade gekauft hat …« – dieser Popow war der reichste Händler der Stadt, ein älterer Mann von recht abstoßendem Aussehen –, »er hat das sehr originell eingerichtet. Stellen Sie sich vor, es gibt nicht einen einzigen Stuhl im Haus. Nur Sofas. Das muss man gesehen haben, wirklich!«

Ganz aufgeregt legte die Kleinere nach.

»Da gibt es Musiker, die er in einem Nebenraum versteckt: Man hört sie, aber sie sind nicht zu sehen. Und dann hat er etwas total Originelles erfunden. Die Beleuchtung kommt von Kerzenstummeln, die nach und nach, einer nach dem anderen, erlöschen.«

Ariane fragte:

»Und wer speist auf den Sofas? Ich möchte nicht neben Popow sitzen.«

»Freunde von ihm, sehr nette Leute. Warum wollen Sie eigentlich nicht zu Popow? Er ist rasend verliebt in Sie, meine Liebe; er träumt und spricht von nichts anderem als von Ariane Nikolajewna. Sie müssen unbedingt mitkommen.«

»Nein danke«, sagte Ariane, »Popow ist ein schrecklicher Kerl.«

»Aber so geistreich! Und wenn Sie ihn erst singen hören … Er ist umwerfend, Sie würden ihn nicht wiedererkennen.«

»Dann soll er ohne mich singen«, erwiderte Ariane und blieb stehen, »ich werde weder in sein Landhaus noch zu seinen Sofas und seinen Kerzenstummeln kommen, heute nicht und morgen nicht. Richten Sie ihm das von mir aus.«

»Er wird vor Verzweiflung sterben.«

»Dann soll er sich mit Wodka trösten.«

Sie trennte sich von den beiden Mädchen, die ihren Weg fortsetzten, aufgeregt über diese Weigerung und lebhaft miteinander redend.

Die Größere sagte:

»Die ziert sich ja ganz schön, wie albern.«

Und die Kleine:

»Popow wird sich nicht freuen.«

Ariane betrat einen winzigen Park, eigentlich eher nur eine Reihe Bäume und Rosenstöcke am Straßenrand. Unruhig ging dort Pawel Pawlowitsch auf und ab. Er war ein sanftes Wesen, behutsam, verträumt, gutherzig, ängstlich, und nun regelrecht erschrocken, sich plötzlich Aug in Auge mit Ariane Nikolajewna wiederzufinden, obwohl sie sich zwei- oder dreimal die Woche nach dem Unterricht in diesem kleinen Park trafen. Doch jedes Mal lähmte Pawel Pawlowitsch eine Gemütsbewegung, dass es ihm fast die Sprache verschlug. Heute, nach dem kurzen Gespräch mit ihren Kameradinnen, wirkte Ariane reizbar, was zur Befangenheit des Lehrers erst recht beitrug. Immerhin brachte er den Mut auf, ihr vorzuschlagen, sich auf eine Bank in der Nähe zu setzen. Sie lehnte ab, sie sei schon sehr verspätet und werde nicht mehr pünktlich zum Mittagessen daheim sein.

So begleitete er sie, beglückwünschte sie zu ihrer Prüfung und wiederholte den schmeichelhaften Beifall eines der Prüfer: »Wirklich ein begabtes Kind.«

Ariane, deren Kopf auf ihrem dünnen Hals leicht schwankte, richtete sich auf und brummelte:

»Kind! Was für eine Unverschämtheit! Ich bin siebzehn.«

Dann wurde sie wieder still. Auch der Lehrer schwieg verlegen. Sie gingen zügig durch kaum belebte Straßen. Es war schon recht warm, zum ersten Mal in diesem Jahr; so kündigte sich die brütende Sommerhitze des Südens an.

Sie kamen vor das Haus in der Dworanskajastraße, wo Ariane Nikolajewna wohnte. Pawel Pawlowitsch war blasser als sonst; er nahm sich zusammen und begann einen Satz.

Ariane unterbrach ihn:

»Wissen Sie, woran ich gerade denke, Pawel Pawlowitsch? Ich wirke vielleicht besorgt, aber ich bin unglaublich froh. Erraten Sie, warum? Nein? Nun, ich will es Ihnen sagen. Ich denke nur an eines … In ein paar Minuten bin ich in meinem Zimmer. Auf dem Sofa dort finde ich ein schönes weißes Kleid mit irischen Stickereien, und mit Ausschnitt. Und Pascha – kennen Sie Pascha? Sie mag mich, alles was ich tue, ist in ihren Augen gut – Pascha wird weiße Seidenstrümpfe zum Kleid gelegt und neben das Sofa weiße Sandalen gestellt haben. Dann, Pawel Pawlowitsch, werde ich mich von oben bis unten entkleiden, werde diese schreckliche Schuluniform zu Boden werfen, dieses braune Kleid, aus dem ich drei Jahre lang nicht herausgekommen bin. Ich werde darauf tanzen, ich werde darauf herumtrampeln; ich werde Pascha küssen … Nur daran denke ich jetzt. Ich bin frei, frei! Freuen Sie sich mit mir.«

Sie reichte ihm beide Hände. Pawel Pawlowitsch hörte ihr zu, und in seinem Gesicht zeigten sich widersprüchliche Gefühle. Die Freude des Mädchens, allein schon ihre Stimme konnten ihn berauschen;

und doch fühlte er in seinem Inneren eine dumpfe Trauer.

Schon hatte Ariane ihn verlassen und ging die Treppe hinauf. Auf der Türschwelle drehte sie sich noch einmal um:

»Wenn Sie nichts Besseres vorhaben, kommen Sie heute zum Abendessen in den Alexanderpark.«

Sie war verschwunden. Pawel Pawlowitsch stand erstarrt auf dem Bürgersteig.

II
Tante Warwara

Als Ariane hereinkam, saßen in dem großen Esszimmer ein paar Leute an einem langen Tisch, dessen Vorsitz Tante Warwara hatte. Sie war eine Frau in den Vierzigern, mit asymmetrischem Gesicht, in dem einem zuallererst zwei große dunkle Augen auffielen, Augen von solcher Schönheit, die allein schon ausreichten, die gängige Meinung in der Stadt zu rechtfertigen: »Warwara ist eine attraktive Frau.« Sie war auffallend frisiert. Ein Seitenscheitel teilte ihr braunes, leicht gewelltes Haar. Ihr Mund war ebenso fein gezeichnet wie der ihrer Nichte, allerdings hatte sie keine schönen Zähne. Warwara Petrowna wusste das und behalf sich, indem sie mit geschlossenen Lippen lächelte und ihre braunen Augen umso mehr leuchten ließ. »Sie ist unwiderstehlich«, hieß es dann bei ihren Bekannten. Sie war schlank geblieben. »Wenn Tante Warwara auf der Straße vorbeikommt«, sagte Ariane immer, »glauben die Leute, ein junges Mädchen zu sehen.« Sie kleidete sich, auch zu Hause, ohne die geringste Nachlässigkeit – etwas durchaus Seltenes in

Russland. Sie trug elegantes Schuhwerk; ihre Hände waren gepflegt, ihre Wäsche vom Feinsten, und außer Haus trug sie jahrein, jahraus ein Kostüm aus schwarzem Tuch, das ein guter Schneider in Moskau gefertigt hatte.

In der Stadt war es ein unerschöpfliches Gesprächsthema, wie Warwara Petrowna lebte. Aus ihrer Vergangenheit war bekannt, dass sie unter ungeklärt gebliebenen Umständen ihre Familie verlassen hatte und zum Medizinstudium in die Schweiz gegangen war. Dann war sie als Dorfärztin nach Iwanowo in unserem Regierungsbezirk zurückgekehrt.

Zu der Zeit war bei uns viel von ihrer jüngsten Schwester die Rede, der sehr hübschen Vera, in die der berühmte Romancier Kowalski, der den Winter in der Stadt verbrachte, unsterblich verliebt war. Während man also mit der Ankündigung rechnete, dass das Mädchen und der Schriftsteller heirateten, reiste dieser unerwartet auf die Krim, und jene nach Iwanowo, wo sie bei ihrer Schwester Unterschlupf fand. Ein halbes Jahr lang bekam niemand sie zu Gesicht. Dann fuhr sie nach Paris und heiratete dort im Jahr darauf Nikolaj Kusnetzow, einen Ingenieur, der öfters beruflich in Frankreich zu tun hatte.

Kurz nach Veras Verschwinden aus Iwanowo kam heraus, dass Warwaras Haus noch einen weiteren

Gast beherbergte, von dem Warwara sagte, es sei das kränkliche Kind einer Freundin, die es in ihre Obhut gegeben habe. Das kleine Mädchen war nicht in der Dorfkirche getauft worden, und als es achtzehn Monate alt war, fuhr Warwara mit ihm ins Ausland und blieb einige Zeit bei ihrer inzwischen verheirateten Schwester Vera.

Sie kam allein zurück. Da geschah etwas, das Warwaras Leben eine andere Wendung geben sollte. Eines Nachts wurde sie als Ärztin zu einem der größten Grundbesitzer von ganz Russland gerufen, dem Fürsten Y…, der sich zufällig für einen Monat auf einem benachbarten Gut aufhielt. Sie rettete ihm das Leben. Der Fürst wollte sie nicht wieder ziehen lassen, nahm sie mit nach Europa und behielt sie bis zu seinem Tod sieben Jahre später bei sich. Dann ging Warwara zurück in ihre Heimat, mit einem Vermögen von hunderttausend Rubel, zehntausend Rubel Pension und um manche Erfahrung reicher, die sie bei dem glanzvollen Leben im Westen hatte machen dürfen. Sie kaufte ein Haus an der Dworanskajastraße.

Sie wirkte, als hätte sie Russland nie verlassen. Als hätte sie nie etwas anderes getan, hatte sie die Gabe, ihre Zeit mit Nichtstun zu verbringen, und die Tage waren ihr immer zu kurz, obwohl sie nichts hatte, womit sie sie ausfüllte. Sie verließ die Stadt selten;

allenfalls fuhr sie im Sommer für einen Monat auf ein kleines Anwesen am Ufer des Don, das sie gekauft hatte, um immer Milch, Eier und frisches Gemüse zu haben. Während der Jahre des Dienens beim Fürsten hatte sie bis zum Überdruss das Fernweh ausgekostet, das bei den Russen so hartnäckig ist. Ihre vergangenen Lebensjahre betrachtete sie wie eine Bühnenkulisse: etwas gewiss Staunenswertes, aber man würde nicht im Traum darauf kommen, sein Leben darin einrichten zu wollen. Man bleibt für ein paar Augenblicke im Rampenlicht und unter den Augen von tausend Zuschauern, aber gleich nach der Vorstellung geht man nach Hause und macht die Tür hinter sich zu.

Warwara Petrowna ging nach Hause, aber sie ließ die Tür angelehnt für die zahlreichen Freunde, die sie tatsächlich bald in der Stadt fand. Seit fünf Jahren war sie schon dort, da starb ihre Schwester Vera Kusnetzowa in San Remo, wo sie allein mit ihrer Tochter lebte, an Schwindsucht. Kusnetzow reiste eilends aus Sankt Petersburg an, nahm seine Tochter mit nach Russland, und weil er nicht wusste, wohin mit ihr, fragte er seine Schwägerin, ob sie sie aufnehmen wolle.

Als die Nachricht das Haus an der Dworanskajastraße erreichte, waren die Bekannten von Warwara rasch der übereinstimmenden Meinung, sie werde ablehnen. Warum sollte sie es auf sich nehmen, so frei wie sie war, ein Kind großzuziehen, das sie kaum kannte? Warwaras Freunde täuschten sich; kaum hatte sie den Brief ihres Schwagers erhalten, telegrafierte sie ohne weiteres Nachdenken nach Sankt Petersburg, man solle ihr ihre Nichte bringen.

Als Ariane zu ihrer Tante zog, war sie ein junges Mädchen von vierzehneinhalb Jahren, körperlich und geistig ihrem Alter voraus. Sie war sehr dünn, aber schon wohlgeformt, mit kräftigen Armen und ernstem Gesicht; ihr gerader Blick hatte etwas Angriffslustiges.

»Wem zum Teufel siehst du ähnlich?«, sagte Warwara Petrowna. »Du hast unseren Mund, aber du wirst nicht so hübsch wie deine Mutter. Und woher hast du diese Art, die Leute anzusehen? Von wem hast du diese Augen? Jedenfalls nicht von deinem Vater, dem siehst du überhaupt nicht ähnlich … Im Übrigen gratuliere ich dir dazu, denn du weißt, was ich von ihm halte …«

Das war die Art, wie Warwara Petrowna sprach. Die Augen des Mädchens leuchteten, aber sie erwiderte nichts darauf.

»Also, du gefällst mir. Ich hatte Sorge, du wärest noch eine Göre; aber ich sehe, dass du ein junges Mädchen bist. Wir werden gut miteinander auskommen.«

Dass das Mädchen nun bei ihr lebte, führte aber zu keinerlei Veränderung im Warwara Petrownas Leben. Sie behandelte Ariane trotz des Altersunterschieds eher wie eine Freundin als wie eine Nichte, für deren Erziehung sie zu sorgen hatte.

Warwara hatte sich, kaum dass sie von zu Hause weg war, an die Freiheit gewöhnt, hatte Geschmack daran gefunden und war zu der Ansicht gelangt, dass sie selber wusste, was für sie gut war. Da die Natur den Verkehr zwischen den Geschlechtern mit Geheimnissen und lebhaften Freuden verknüpft hat, warum sollte man darauf verzichten? Ihr aufgeklärter akademischer Verstand sah keinen Grund dafür, solche gesunden Wonnen von sich zu weisen. Sie hatte an der Universität Liebhaber gehabt, und zurück in der Heimat hatte sie sogar in Iwanowo welche gefunden. Während ihrer Auslandsaufenthalte mit dem Fürsten hatte sie manche Gelegenheit zu vergleichenden Studien über die Vorzüge abendländischer Männer gehabt, und nach der Rückkehr in ihre Geburtsstadt lebte sie weiterhin nach Lust und Laune. Es fehlte ihr an Verständnis dafür, dass man dem Sichhingeben diese große Bedeutung beimaß, wie es so viele romantische Menschen tun. Mit einem Wort, sie hatte hinsichtlich der Liebe einen männlichen Standpunkt. Sie nahm sich einen Geliebten, wenn sie das Bedürfnis dazu hatte, und sie verließ ihn, wenn sie einen anderen fand, der ihrer Laune mehr entsprach. Ihrer Vorstellung nach brauchte man sich nicht in Aufwallungen von Leidenschaft zu vereinigen und nicht unter Tränen zu trennen. In ihren Augen war die Liebe keine Krankheit, und ein Bruch führte nicht zur Tragödie. Sie handelte mit solcher Selbstverständlichkeit, dass ihre Liebhaber nicht auf die Idee kamen, sie hätten das Recht, mehr von ihr zu verlangen, als sie ihnen schenkte. Sie verließ sie im Übrigen nie ganz, sondern auf das innigste erotische Verhältnis folgte ohne viel Lärm und Aufhebens ein freundschaftlicher Umgang. Gelegentlich verweigerte sie sich nicht einmal einem Rückfall. In den ersten Jahren nach ihrer Heimkehr musste sie manchmal nach Sankt Petersburg und Moskau. Dort hatte sie Freunde von früher, bei denen sie abstieg. Wenn sie wieder zu Hause war, erzählte sie von der Reise und den Freuden, die sie dabei genossen hatte, ohne dass sich der aktuelle Liebhaber daran gestoßen hätte.

An all dem sieht man, dass Warwara Petrowna eine gesunde und ausgeglichene Frau war. Ihre Sinne, denen sie nichts vorenthielt, entführten sie nur auf halbem Weg in die Leidenschaft; da sie die Zügel in der Hand behielt, ließ sie sich nicht von ihnen davontragen.

Ihre Liebesmoral, denn die hatte sie, war von zwei Prinzipien geleitet. Sie blieb ihrem Geliebten treu, bis sie von einem neuen Mann fasziniert war. Dies gestand sie dann sofort, denn eine Aufteilung hätte sie nicht richtig gefunden. Sie war stets die Frau eines einzigen Mannes; nur wechselte sie den oft. So hatte sie nie jemanden betrogen. Um einen Mann zu betrügen, muss man ihn lieben, muss ihm mit seinen Gefühlen verbunden sein. Nun hatte Warwara bisher in ihren Geliebten nur Freunde eines ergänzenden Geschlechts gesehen, und die Beziehungen, die sie zwischen ihnen und sich aufbaute, waren fest umrissen. Sie sagte gern von sich, sie habe der Liebe genau den Platz zugewiesen, die sie einnehmen darf. Sie komme nicht höher als bis zur Körpermitte.

»Siehst du, mein Kind«, sagte sie zu Ariane Nikolajewna, als diese kaum fünfzehneinhalb war, »die Liebe ist etwas Köstliches, wenn man sie so zu nehmen versteht, wie sie ist. Doch das Romantische ist die Wurzel allen Übels … Außerdem glaube ich nicht, dass du von solch gefährlicher Torheit bedroht bist. Du hast einen guten Kopf auf den Schultern und wirst nicht auf Abwege geraten.«

Das Mädchen lächelte sein verschlossenes Lächeln, das nichts von seinen Gedanken erahnen ließ.

Warwara Petrownas zweites Prinzip war, dass

Geld und Liebe nicht verquickt werden dürfen. Die Moral vieler russischer Frauen entspricht in dieser Hinsicht der von Warwara. Wo Geld keine Rolle spielt, ist alles gut, und solange man nicht derlei Interessen verfolgt, bleibt man, egal was man tut, eine ehrbare Frau. Beim Geld endet die Moral. Selbst als sie als junges Mädchen in Genf kaum genug zum Leben hatte, hätte Warwara von ihrem Liebhaber kein Abendessen und kein Trambahnbillett angenommen, ganz gleich, wie reich er sein mochte. Da war sie, wie viele ihrer Landsleute, etwas eigen.

Als Ariane aus Sankt Petersburg kam, war Warwaras Liebhaber ein bekannter Anwalt aus der Nachbarstadt, der zweimal die Woche in der Bezirkshauptstadt zu tun hatte. Dann wohnte er bei Warwara und hatte dort eine Schlafkammer für sich. Später hatte Ariane seinen Nachfolger mitbekommen, einen Ingenieur. Äußerlich wurde stets das Dekorum gewahrt. Doch Warwara Petrowna versäumte nie, ihrer Nichte, die ihre Vertraute geworden war, die Vorzüge, Fehler und Eigenheiten ihrer Liebhaber zu schildern.

»Da tue ich dir einen großen Gefallen«, sagte sie manchmal, »du wirst dir keine Verrücktheiten in den Kopf setzen. Du wirst die Dinge in ihrem rechten Licht sehen, und später wirst du mir dafür dankbar sein.«

Doch seit einem Jahr war in Warwaras Leben eine

Veränderung eingetreten. Mit Anfang vierzig hatte sie sich in einen Arzt verliebt, dessen gutes Aussehen der ganzen Stadt den Kopf verdreht hatte. Zuerst hatte Warwara Wladimir Iwanowitsch genommen, wie sie viele andere vor ihm genommen hatte. Der Ingenieur war in die Wüste geschickt worden, und Wladimir Iwanowitsch war auf ihn gefolgt. Das erste halbe Jahr war bezaubernd, doch dann merkte Warwara, dass in ihr ein Gefühl entstand, wie sie es nicht gekannt hatte. Es war Liebe. Diese Entdeckung stürzte sie zugleich in Verzweiflung und Begeisterung. Es fühlte sich an wie ein Offenbarungseid ihres ganzen Lebens. Sie kannte sich nicht wieder. Wie ein Mensch, der in einen Sumpf gerät und keinen Boden mehr unter den Füßen hat, wusste sie nicht, woran sie sich festhalten konnte. Und zugleich wurde sie von einem unbekannten Glücksgefühl ergriffen; eine Woge der Freude stieg in ihr auf. Sie begann zu träumen wie ein siebzehnjähriges verliebtes Mädchen.

»Ach!«, sagte sie zu Ariane, »ich wusste nicht, was Glück ist. Ich hatte achtzehn Liebhaber – was heißt da Liebhaber? Freunde waren sie, nicht mehr. Und jetzt, wo ich vierzig bin, begegne ich Wladimir! Dass er die ganze Zeit in der Nähe lebte und ich ihn nicht kannte … Das kann ich mir nicht verzeihen. Ach! Wenn du wüsstest, was das für ein Mann ist!«

Sie konnte gar nicht genug bekommen. Das Mädchen hörte ihr schweigend zu, lächelte auch, doch diesmal biss sie sich dabei auf die Unterlippe.

Doch bald nachdem sie die Liebe kennengelernt hatte, bekam Warwara auch deren Stürme zu spüren. Sie glaubte gemerkt zu haben, dass Wladimir Iwanowitsch nicht mehr die gleichen Gefühle für sie hegte wie zu Beginn.

Gewiss, sie sahen sich jeden Tag, doch er kam nun zu anderen Tageszeiten als früher, zum Beispiel zum Abendessen, oder abends zum Tee. Manchmal kam er sogar gegen sechs, wenn Warwara gerade ihren täglichen Spaziergang machte. Er blieb nicht lange, wie es anfangs seine Gewohnheit gewesen war. Nur noch selten verbrachte er den Abend in dem kleinen Salon Tür an Tür mit Warwaras Schlafkammer. Sie hatte Mühe, ihn dort hineinzulocken. Lieber blieb er im Esszimmer, wo außer Ariane stets ihre ältere Freundin Olga Dimitriewna saß, die seit langem schon zum Essen zu Warwara kam, und ein paar Freunde des Hauses.

Um Entschuldigungen war er nicht verlegen: Seine Frau sei vom Land zurückgekommen, sie sei unpässlich, er habe Krankenbesuche zu machen, die Migräne usw.

Warwara Petrowna war verzweifelt. Diese Frau,

die ihre Ehre dreingesetzt hatte, nie um etwas zu bitten, erniedrigte sich, indem sie von ihm Verabredungen erflehte oder wenigstens, dass er noch ein paar Minuten bleibe – und das sogar in Anwesenheit ihrer Nichte und ihrer Freunde.

Warwara litt Qualen der Eifersucht. Wahrscheinlich hatte Wladimir eine neue Geliebte. Sie begann, ihm nachzuspionieren. Sie horchte ihn aus, dachte nach. Sie beobachtete seine Blicke, registrierte den Tonfall seiner Worte. Sie, die früher nie am Vormittag ausgegangen war, begann in die Stadt zu gehen und hundertmal am Tag vor dem Haus ihres Liebhabers vorbeizukommen. Sie ging so weit, ihn mit der Kutsche zu verfolgen. Aber wie will man herausfinden, was ein Modearzt so alles treibt!

Sie hatte ihre Heiterkeit verloren, die Sorglosigkeit einer glücklichen Frau, der alles nach Wunsch gelingt und die ihr Leben nur zu leben braucht.

Als Ariane an jenem Tag von ihrer letzten Prüfung nach Hause kam, saß Warwara noch mit ein paar Freunden am Esstisch, obwohl die Mahlzeit längst zu Ende war.

»Wie ist es dir gegangen?«

Noch ehe das Mädchen antworten konnte, ging die Tür auf und herein trat Wladimir Iwanowitsch.

Fast schien es, als hätte er Ariane ausspioniert und sich ihr an die Fersen geheftet. Er war ein nervöser Mann, immer auf Trab, auf die fünfzig zugehend, gut rasiert und mit ergrauenden Schläfen. Er hatte die schönsten Zähne auf Erden, und unter seinen borstigen schwarzen Brauen blitzten die lebhaftesten Augen hervor. Aus jeder seiner Bewegungen sprach große Selbstsicherheit. Warwara sprang auf und gab ihm die Hand.

»Endlich sind Sie da!«, sagte sie.

Wladimir Iwanowitsch gab Warwara einen kurzen Handkuss, stürzte sich dann aber gleich auf Ariane, die sich nicht gerührt hatte.

»Ich komme, Ihnen zu gratulieren, Ariane Nikolajewna; von meiner Tochter habe ich gehört, wie triumphal Sie abgeschnitten haben. Nicht dass mich das im Mindesten überraschte.«

Mit beiden Händen drückte er Ariane die Hand. Sie zog sie heftig zurück. Warwara war das nicht entgangen.

»Setzen Sie sich doch zu uns, Wladimir Iwanowitsch«, sagte sie, »ich schenke Ihnen Kaffee ein.«

»Nein, ich habe keine Zeit. Ich muss noch tausend Dinge erledigen.«

»Trinken Sie doch eine Tasse Kaffee, vorher lasse ich Sie nicht ziehen. Und dann nehmen Sie mich vielleicht mit, damit ich hier ein wenig rauskomme.

Heute ist der erste Sommertag. Was hast du heute vor, Ariane?«

»Ich bleibe bis sieben hier«, erwiderte das Mädchen, »dann kommt Nikolaj mich mit seinem Wagen abholen. Ich lege mich kurz schlafen, ich bin müde.«

»Ach, fast hätt ich's vergessen, auf deinem Zimmer liegt ein Brief von deinem Vater.«

Ariane runzelte die Stirn. Immer wenn von ihrem Vater die Rede war, verfinsterte sich ihre Miene.

Ein paar Minuten später war das Esszimmer menschenleer.

III
Der Brief

Als Ariane in ihr Zimmer kam, sah sie den Brief ihres Vaters mitten auf dem Tisch liegen und erkannte seine akkurate Handschrift. Ein eingeschriebener Brief. Sie zuckte mit den Schultern.

Bevor sie den Brief las, entkleidete sie sich vollständig und warf das braune Uniformkleid über einen Stuhl. Sie löste ihr dichtes kastanienbraunes Haar, zog einen leichten Morgenmantel über, nahm den Brief und legte sich barfuß aufs Sofa.

Der Brief begann so:

»Meine liebe Tochter, in Beantwortung Deines Schreibens vom 10. des Monats« – bei dieser Wendung aus der Geschäftskorrespondenz verzog sie ihr rosiges Gesicht – »setze ich Dich über meine Pläne in Kenntnis. Es ist mir nicht recht, dass Du auf die Universität gehst. Wir haben in Russland schon genug heruntergekommene Frauen. Du bist intelligent, Du sollst Deine Intelligenz in Ehe und Haushalt einsetzen und Deine Kinder großziehen. Ich hoffe sehr, dass Du bald heiratest. Unser Freund Pjotr Borissowitsch, der

Dir gewiss noch im Gedächtnis ist, hat die besten Erinnerungen an Dich, und sein lebhaftester Wunsch ist, Dich zu heiraten. Wie Du weißt, ist er ein ernsthafter junger Mann, der Dir ein äußerst angenehmes Leben bieten kann. Außerdem hat er eine erstklassige kaufmännische Anstellung, und ich kann für ihn garantieren wie für mich selbst. Ich fahre nun für einen Monat in den Kaukasus zu einer Badekur. Ich gehe davon aus, Dich danach im September in Sankt Petersburg zu sehen. Wir werden den Herbst in Pawlowsk verbringen, wo Pjotr Borissowitsch ein hübsches Landhaus hat …«

Vier Seiten lang ging es in diesem Ton weiter.

Sie konnte nicht weiterlesen. Sie zerknüllte den Brief.

»Wie widerlich!«, entfuhr es ihr.

Sie warf den Brief in die Zimmerecke.

Dann schloss sie die Augen und träumte kurz vor sich hin. Sie sah sich wieder als das achtjährige Kind bei ihrem Paten, dem Fürsten Wiaminski, auf dem Schoß sitzen. Was für ein komischer Kauz! Wie gern er sie hatte! Er schien nur für sie zu leben! Wenn sie ihn besuchte, gab er ihr abwechselnd schöne nagelneue Goldmünzen und köstliche Schokoladenbonbons. Die Bonbons aß sie immer gleich, die Münzen versteckte sie in ihrer Schulmappe, denn ihre Mutter hätte nie erlaubt, dass sie sie annimmt. So trug sie sie bei sich, und wenn sie in die Schule ging, klimperten bei jedem Schritt, obwohl in Seidenpapier eingewickelt, zwanzig oder dreißig Münzen. Dieser Pate, das hatte sie schon damals erfahren, hatte sie adoptieren wollen. Er wollte sie nach seinen Vorstellungen erziehen und immer um sich haben … Er hatte sehr blasse, kalte Hände; es schauderte sie, wenn er sie am Arm oder an der Wange streichelte … Alles verschwamm vor ihr.

In dem ruhigen Zimmer hellte sich der Vorhang vor dem Fenster auf und wurde in den Strahlen der sinkenden Sonne ganz golden.

Sie träumte noch … Der Fürst war bei ihr. Sie schlief, aber sie sah ihn durch die geschlossenen Lider. Er blickte sie so durchdringend an, dass es ihr den Atem nahm. Und dann fühlte sie – wie konnte das denn sein? – die kalte Hand des Paten auf ihrem Bein.

Sie öffnete die Augen und sah Wladimir Iwanowitsch neben sich auf dem Sofa sitzen. Er hatte eine Hand auf ihren nackten Knöchel gelegt und sah das Mädchen regungslos an. Als er merkte, dass sie aufgewacht war, beugte er sich zu ihr herab:

»Verzeihen Sie mir, Ariane Nikolajewna, verzeihen Sie … Ich hatte an die Tür geklopft, und als keine

Antwort kam, bin ich hereingekommen … Ich bin noch nicht lange hier …«

Sie ließ ihn nicht ausreden.

»Sie haben kalte Hände«, sagte sie, »wie mein Pate. Schrecklich! Lassen Sie sofort meinen Fuß los …«

Beim Reden schloss sie den halb offenen Morgenmantel und ließ dabei Wladimir Iwanowitsch nicht aus den Augen. Ihr Ton hatte keinen Widerspruch zugelassen, und der Doktor zog seine Hand zurück.

»Und nun stehen Sie auf, sofort.«

In der Stimme dieses zarten jungen Mädchens lag ein so klarer Ton, dass Wladimir Iwanowitsch gehorchte und aufstand.

Ohne jede Eile richtete Ariane sich auf, erhob sich vom Sofa, schlüpfte in ihre Pantoffeln, ging zur Tür, öffnete sie und sagte mit ruhiger, fester Stimme:

»Und jetzt gehen Sie! Glauben Sie mir, es ist besser so … Ich wusste nicht, dass Sie meinetwegen ins Haus gekommen waren.«

Der Doktor nahm ihre Hand in die seine, zog sie zu sich und sagte halblaut, sein Gesicht ganz nah an ihrem:

»Halten Sie von mir, was Sie wollen … Es ist einfach so, dass ich nicht leben kann, ohne Sie zu sehen … Ich muss mit Ihnen sprechen … Kommen Sie mich doch nächstens einmal besuchen.«

»Dann laden Sie Ihre Tochter dazu ein, die ist in meinem Alter«, sagte Ariane trotzig.

Wladimir Iwanowitsch war verdutzt, fasste sich aber gleich wieder:

»Um sieben bin ich immer allein im Sprechzimmer in meiner Praxis ... Ich erwarte Sie.«

»Ach, Sie sind wirklich Arzt ... So wie die Dinge gerade laufen, könnte das von Nutzen sein. Bei Bedarf werde ich an Sie denken, Wladimir Iwanowitsch.«

Er wich zurück; seine Augen funkelten, aber er ging ohne eine Antwort.

Kurz darauf, als sie sich ankleidete, klopfte es dreimal leise, die Tür ging auf und Olga Dimitriewna trat ein.

Sie hatte jahrelang bei Warwara Petrowna gewohnt, und seit sie bei der Stadtverwaltung arbeitete, hatte sie um der Unabhängigkeit willen ein kleines Nachtquartier gemietet. Doch sie kam jeden Tag zu Warwara Petrowna, speiste mit ihr und verbrachte den Abend mit Ariane Nikolajewna. Sie mochte sie sehr. Wieweit das auf Gegenseitigkeit beruhte, ist nicht klar. Jedenfalls steckten die beiden jungen Mädchen fast immer zusammen und tauschten stets Vertrauliches aus, obwohl Olga fünf Jahre älter war als ihre Freundin. Erwähnenswert ist Arianes Eigenart, dass sie sich aus irgendeiner inneren Selbstsicherheit heraus auch über Persönlichstes gern auf Gleich und Gleich mit Leuten austauschte, die älter waren als sie. Ein besonderes Beispiel dafür war ja bereits der Umgang mit ihrer Tante. Olga hatte keine Geheimnisse vor Ariane. Und dieses blonde, mitteilsame Mädchen war sich auch sicher, dass sie alles über ihre Freundin wusste. Doch wenn ein Beobachter mit kühlem Kopf bei den lebhaften Gesprächen der beiden jungen Mädchen zugegen gewesen wäre, so wäre ihm vielleicht aufgefallen, wie eigenartig Ariane ihre Vertraute gelegentlich ansah, und er hätte nach einer Erklärung dafür gesucht. Das enge Band zwischen Ariane und Olga war für Letztere von einigem Nutzen. Obwohl noch sehr jung, hatte Ariane einen Kreis von Anbetern um sich geschart, die ihr den leisesten Wunsch von den Lippen ablasen, und sonderbar waren die Wünsche, die ihr so durch den Kopf schossen. Picknicks, Abendessen, Schlittenpartien oder Tanzabende – Olga ging mit auf all diese Vergnügungen, und es war unmöglich, Ariane ohne ihre Freundin einzuladen. Sie spielte die wenig rühmliche Rolle der Anstandsdame, aber es gelang ihr, daraus Vorteile zu ziehen, wie sie zurückhaltenden Menschen sonst kaum zugänglich sind.

Kaum war sie im Zimmer, blickte sie Ariane an

und sagte in einer Mischung aus Verdruss und Bewunderung:

»Jetzt verstehe ich gar nichts mehr. Du hast zu Abend gegessen, du hast Champagner getrunken, du hast Gott weiß was getan, du hast dich gerade mal zwei Stunden ausgeruht, du hast eine Prüfung abgelegt – und du bist frisch und munter, als hättest du die ganze Nacht geschlafen.«

»Und Ärger habe ich außerdem«, brummte Ariane, »endlich habe ich die Antwort von meinem Vater. Zwischen uns ist es aus. Hier, lies seinen Brief.«

Sie hielt ihr das zerknüllte Papier hin, Olga las aufmerksam.

Als Olga zu Ende gelesen hatte, blickte sie zu ihrer Freundin hinüber, die vor einem Toilettentisch saß und sich das Haar richtete, und sagte:

»Na?«

»Na ja«, erwiderte Ariane, »ich werde ohne ihn zurechtkommen. In einer Stadt wie unserer ist es nicht schwer, Geld zu finden …«

Olga Dimitriewna bestürmte sie. Sie war sehr aufgeregt.

»Ich weiß, an wen du denkst«, sagte sie, »aber das geht gar nicht … Schwör mir, dass du es nicht tust … Schon der Gedanke daran ist mir unerträglich! Es wäre dein Untergang!«

Sie beugte sich über ihre Freundin, nahm sie in den Arm und drückte sie, sie hatte Tränen in den Augen.

»Frag deine Tante, frag Nikolaj, frag den Teufel – aber nicht den, an den du denkst … Versprich es mir.«

Ariane schob sie sanft weg:

»Lass mich erstmal mein Haar richten, das ist das einzig Wichtige. Was reitet dich, aus allem ein Drama zu machen! Und jetzt weinst du auch noch! Geht es um dich oder um mich? Wer muss das aushalten, du oder ich? Du weißt genau, dass man mit meiner Tante nicht über Geld reden kann. So ist sie, das lässt sich nicht ändern … Wir mögen uns sehr, und wegen einer armseligen Geldangelegenheit will ich nicht verderben, was es zwischen uns an Köstlichem gibt. Nein, lass mich das so hinbiegen, wie es mir passt.«

Sie stand auf und lehnte sich liebevoll gegen Olgas Schulter, die sich die Tränen trocknete:

»Sei nicht dumm, du Armes! Stifte in der Kirche eine Kerze für mich und mach dir weiter keine Sorgen. So leicht, wie du denkst, gehe ich nicht unter. Weißt du noch, was im Mittelalter die Feuerprobe war? Man musste durch ein loderndes Feuer gehen, ohne sich zu verbrennen. Verlass dich drauf, ich werde durchkommen, und die Flammen können mir nichts anhaben …«

Sie ging im Zimmer auf und ab, ansonsten herrschte Grabesstille. Plötzlich blieb sie vor Olga Dimitriewna stehen und sagte mit vergnügter Miene:

»Weißt du, wer eben hier war, meine Liebe? Wladimir Iwanowitsch!«

Und, als Olga eine ungläubige Gebärde machte, erzählte sie ihr die Überraschung beim Erwachen und den Auftritt, der darauf gefolgt war, wobei sie ein paar theatralische und prickelnde Einzelheiten dreinmischte, die eher auf das Konto ihrer Fantasie als ihrer Wahrheitstreue gingen.

Olga hörte ihr aufmerksam und begeistert zu, und als die Schilderung zu Ende war, seufzte sie und sagte:

»Wie attraktiv er ist! Er, hier hat er gesessen! Ach! Ich hätte ihn nicht von der Bettkante stoßen können …«

Sie redeten noch lange über dieses unerschöpfliche Thema. Pascha unterbrach sie mit der Ankündigung, dass das Abendessen auf dem Tisch stehe.

Bevor die Mahlzeit zu Ende war, stand Ariane auf und entschuldigte sich bei ihrer Tante:

»Nikolaj wartet unten auf mich.«

Und zu Olga gewandt:

»Um neun bin ich wieder da, und dann gehen wir beide in den Alexanderpark.«

IV
Der Verlobte

Vor der Haustür wartete eine kleine Viktoria-Kalesche mit Luftbereifung; angespannt waren zwei schöne Rappen, edle Traber, wie sie hier in der Gegend gezüchtet werden. Auf dem Bürgersteig ging ein hochgewachsener und korpulenter junger Mann auf und ab, der hastig ein paar Züge von Zigaretten nahm, die er rasch nacheinander wegwarf. Manchmal blieb er stehen und blickte zur Veranda im ersten Stock hinauf, sah auf die Uhr und spazierte weiter. Nikolaj Iwanow war in der Stadt nur unter zwei Rubriken bekannt: als Pferdeliebhaber und als einseitig verlobt mit der berühmt-berüchtigten Ariane Nikolajewna. Er war ein sonderbarer und scheuer Zeitgenosse, der sich selten blicken ließ, der keine Freunde hatte und den größten Teil des Jahres auf einem Gut dreißig Werst von hier verbrachte. In der Stadt hatte er nur eine Zweizimmerabsteige in einer großbürgerlichen Wohnung. Er trank nicht, er spielte nicht Karten, er war, soweit bekannt, nicht liiert. Sein Vater war schon lange tot, seine Mutter lebte auf der Krim. Es hieß, sie sei geistesgestört und in der Klinik eines bekannten Arztes untergebracht. Vom Alleinleben war Nikolaj Iwanow schweigsam geworden und hatte tatsächlich Schwierigkeiten mit dem Sprechen bekommen. Er suchte nach Worten, korrigierte sich, widersprach sich, hielt mitten im Satz inne und verfiel letzten Endes wieder in Schweigen, seinen angenehmsten Zustand. Mit seinen blauen Augen unter dunkelbraunen Brauen und dunkelbraunem Haar hatte er eigentlich einen sympathischen Gesichtsschnitt. Aber er war blass, die Lippen dünn und der Blick unsicher. Die Mütter und die jungen Mädchen hatten lange versucht, diese reiche Beute zu ergattern, denn man schätzte Nikolaj Iwanows Vermögen auf eine Million Rubel. Doch alle Vorstöße waren umsonst gewesen.

Einmal aber hatte er sich dazu hinreißen lassen, auf den jährlichen Ball des Znamenski-Gymnasiums zu gehen.

Ariane gehörte dem Festkomitee an und hatte ihm am Eingang eine Blume gereicht. Nikolaj hatte sie genommen, hatte das junge Mädchen irritierend lang gemustert, ein paar Worte des Dankes gestammelt und war ihr dann den ganzen Abend nicht von der Seite gewichen. Wenn sie tanzte, sah er ihr unablässig zu, ein sanftes Lächeln auf den Lippen. Einmal verließ er den Saal, stürzte an den Tresen und kippte mehrere Gläser Wein, als wollte er sich Mut antrinken. Noch ehe der Abend zu Ende war, bat er Ariane in einem Anfall von Heldenmut, ihn zu heiraten. Ariane – sie war damals sechzehn – sah ihn von oben bis unten mit größter Unverfrorenheit an und lachte ihm ins Gesicht. Doch am nächsten Tag wurde er mit einem Blumenstrauß bei Warwara Petrowna vorstellig, die ihm vergeblich klarzumachen versuchte, dass ihre Nichte noch nicht im heiratsfähigen Alter war. Am übernächsten Tag brachte er einen Verlobungsring mit, in den Arianes Name und der Tag des Balls eingraviert waren. In der ganzen Stadt erzählte er herum, dass Ariane Nikolajewna Kusnetzowa nach dem Ende der Schulzeit Frau Nikolaj Iwanowa werde. Seitdem bekam Ariane Tag für Tag Blumen zugestellt, und schließlich nahm sie diese schönen täglichen Lieferungen ganz gern an und gewährte Nikolaj Iwanow gelegentlich eine Ausfahrt mit der Kalesche.

Kaum zu glauben, mit welch tyrannischer Launenhaftigkeit diese sechzehnjährige Göre den grobschlächtigen Kerl behandelte, der fast doppelt so alt war wie sie. Merkwürdig genug, dass ihr nicht etwa allmählich bewusst geworden war, welch uneingeschränkte Macht sie über ihn hatte, sondern dass sie vom ersten Tag an verstanden hatte, wer ihr gegenüberstand und dass Nikolaj in ihren Kinderhänden weich wie Wachs war. Sie bestimmte, wann und wie lange er sie besuchen durfte. Nikolaj kam nur zu diesen Zeiten. Da sei Gott vor, dass er versucht hätte, sich ohne ihre Zustimmung im Haus an der Dworanskajastraße blicken zu lassen! Einmal kam er aus irgendeinem dringenden Grund ins Esszimmer, wo er gerade nicht erwartet wurde. Wortlos ging Ariane auf ihr Zimmer und weigerte sich, ihn zu empfangen. Oft befahl sie ihm, eine oder zwei Wochen auf dem Land zu bleiben und ihr auch nicht zu schreiben. Manchmal erlaubte sie ihm, sie ins Theater zu begleiten, wohin sie regelmäßig ging; sie versäumte kaum eine Vorstellung, denn sie schwärmte für die Schauspielkunst, traf sich mit den Schauspielern, erklärte, sie werde selber Schauspielerin, und ein Leben ohne Rampenlicht sei kein Leben. Es kam sogar vor, dass sie mitten in der Vorstellung hinter die Bühne ging, mit den Künstlern plauderte und Nikolaj ganz vergaß, der mürrisch und mit zusammengebissenen Zähnen seinen Heimweg antrat.

Ein anderes Mal machte sie folgendes Experiment: An einem Winterabend, als Nikolaj zu Besuch bei ihr war, sagte sie um zehn Uhr abends beim Tee:

»Nikolaj, ich muss gehen, ich bin verabredet.«

»Ich begleite Sie«, sagte er, »wo müssen Sie hin?«

»Ein Freund erwartet mich an der Ecke zum Domplatz, aber Sie dürfen nicht erfahren, wer es ist.«

Erstaunt sah er sie an. Nach einer Weile gab er sich einen Ruck und sagte:

»Gut.«

Sie gingen zusammen los, und als sie unter einer Straßenlaterne den jungen Mann sah, den sie treffen wollte, verabschiedete sie Nikolaj und beschwor ihn, sofort nach Hause zu gehen.

Um die Geschichte in ihrer ganzen Schönheit gerecht zu werden, sei erwähnt, dass Nikolaj hoffnungslos eifersüchtig war und tausend Anhaltspunkte fand für die feste Überzeugung, Ariane habe in der Stadt ihre Verstrickungen; der eindeutigste war, dass das junge Mädchen keinerlei Anstalten machte, ihm etwas zu verheimlichen, sondern ihm unausgesetzt davon erzählte. So sagte sie zum Beispiel:

»Ach, Nikolaj, wissen Sie, wer eben aus Moskau angekommen ist? Der älteste Sohn von Machlakow, ich glaube, ich bin in ihn verliebt. Er ist einfach unwiderstehlich ...«

Und hunderte ähnliche Äußerungen, zu jeder Tages- und Nachtzeit.

Am Tag nach dem Abend, als Nikolaj sie zu der Verabredung mit einem anderen hatte begleiten dürfen, erzählte Ariane ihrer Freundin die Geschichte, glucksend vor Lachen. Obwohl einiges Launische von ihrer Freundin gewohnt, konnte die sich doch nicht verkneifen, zu sagen:

»Ariane, du bist ganz schön boshaft.«

Ariane hörte auf zu lachen und antwortete ernst:

»Ja und! Das kann schon boshaft sein. Aber warum zum Teufel sollte ich nicht boshaft sein, wenn es mir Spaß macht?«

Die dicke Blonde war verdutzt.

Ariane sprach weiter:

»Willst du, dass ich dir etwas sage, worauf du nie von selbst kommst? Nikolaj liebt mich genau, weil ich boshaft bin. Und dich mit deiner ganzen Treuherzigkeit wird er nie lieben.«

Bei diesem Gedanken begann sie im Zimmer zu tanzen, denn sie war ja zugleich noch recht kindlich, mit Anfällen von verrückter Fröhlichkeit, streckte den Leuten auf der Straße die Zunge heraus, spielte ihren Mitschülerinnen Streiche und verstand es wie keine andere, die Lehrer zu ärgern, ohne sich freilich je dabei erwischen zu lassen.

Das Erstaunlichste daran war, dass Ariane Recht hatte. Nikolaj Iwanow, das verwöhnte Einzelkind aus reicher Familie, dessen Launen nie an Hindernisse gestoßen waren, dem nie jemand etwas abgeschlagen hatte, der immer nur leichte Abenteuer mit bereitwilligen Frauen gehabt hatte, hatte dieses zartgliedrige junge Mädchen anfangs fassungslos angestarrt, wie etwas vollkommen Unwirkliches. Er hatte ihr sofort gehorcht, aus dem einfachen Grund, dass er in sich keine Widerstandskraft verspürte, der rätselhaften Macht, die von Ariane ausging, etwas entgegenzusetzen. Während seiner langen einsamen Stunden hatte er diese sonderbare Frage im Kopf hin und her gewälzt: Wie konnte er die Knechtschaft, zu der Ariane ihn verurteilte, hinnehmen? Und warum ging sie überhaupt so mit ihm um? Plötzlich war ihm die Antwort gekommen: Sie erlegt mir solche Prüfungen nur auf, um sich meiner Liebe ganz sicher zu sein. Und dass sie die Experimente immer weiter steigert, zeigt nur, dass ich ihr nicht gleichgültig bin. Wenn sie mich nicht liebte, ließe sie mich in Frieden. Dass sie mich quält, bedeutet, dass sie mich liebt. Was für ein wunderbares Mädchen.

So kam es, dass er, je mehr Ariane ihn leiden ließ, ihr immer dankbarer wurde, sein Herz immer mehr an sie hängte. Es kam an einen Punkt, wo er sich gar nicht mehr vorstellen konnte, den Launen des jungen Mädchens nicht zu gehorchen. Und je härter die auferlegte Prüfung war, desto freudiger war er darin, hart gegen sich zu sein und so die Liebe dieses auf der ganzen Welt einzigartigen Mädchens zu verdienen. Am Tag, nachdem er sie zum Stelldichein mit einem Rivalen begleitet hatte, fiel er vor ihr auf die Knie:

»Ariane, ich danke Ihnen, Sie haben mir den größten Liebesbeweis erbracht, den ein Mann verlangen kann. Sie sollen gesegnet sein ...«

Die ganze Antwort des Mädchens war ein Schulterzucken und eine Pirouette.

Sie spielte ein anderes, schlimmeres Spiel mit ihm.

Manchmal erlaubte sie ihm, zum Abendtee mit auf ihr Zimmer zu kommen. Sie redeten lang, und Nikolaj fand seine Sprache wieder, manchmal sogar mit einer gewissen Beredsamkeit. Sie hieß ihn neben ihr auf dem Sofa Platz nehmen und warf ihm lebhafte oder zärtliche Blicke zu. Der dicke Junge legte dann bald seinen Arm um ihre schlanke Taille, die von keinerlei Korsett gehalten wurde, rückte ein wenig näher an das Mädchen heran, und dann berührten seine Lippen Arianes nackten, runden, festen Arm und verschlangen ihn in Küssen.

Halb auf dem Sofa liegend, schien sie es gar nicht zu merken; sie war wie geistesabwesend in dieser leidenschaftlichen Szene.

»Liebst du mich?« Nikolaj wagte die Frage mit einem Seufzen.

»Nitschewo«, sagte das Mädchen auf seine unnachahmliche Weise.

Schließlich hielt Nikolaj es nicht mehr aus und versuchte einen entscheidenden Vorstoß. Da entglitt ihm Ariane zwischen den Fingern.

»Es ist hier zu warm für Sie. Das tut Ihnen nicht gut. Lassen Sie uns frische Luft schnappen, Nikolaj.«

Und um ihm keine Wahl zu lassen, ging sie ins Esszimmer, wo Olga Dimitriewna mit ein paar Freunden des Hauses beim Tee saß.

Nikolaj fegte davon wie ein Schneesturm, ohne sich von irgendjemandem zu verabschieden, sprang in seinen Wagen und gab den Befehl, in vollem Tempo zehn Werst auf der Landstraße zu fahren. Trotz des eisigen Winterabends knöpfte er seinen Pelzmantel nicht zu, und der Kutscher auf seinem Bock hörte den *Baron* unverständliche Dinge in die Nacht brüllen.

»Der Teufel soll sie holen!«, hörte er mit Entsetzen. »Ich bringe sie um! Schneller, schneller! Tochter einer Hündin! Ich liebe dich!«

Heute aber war – zum ersten Mal in diesem Jahr – die Luft so lau wie an einem Sommerabend. Der Wagen fuhr schnell, und das junge Mädchen, in einer Ecke zusammengerollt unter einem großen schwarzseidenen Mantel, der ihr weißes Kleid bedeckte, war wie erstarrt und fühlte nicht den Druck von Nikolajs Arm, der um ihre Taille lag. Im Westen leuchtete eine zarte Mondsichel. Als die Straße durch einen Akazienhain führte, war Ariane für einen kurzen Augenblick vom durchdringenden Duft der blühenden Dolden eingehüllt. Danach kam der zartere Duft der Wiesen auf beiden Seiten der Straße, wo das Gras hoch stand. Die sanfte Luft, die klare Dunkelheit des golddurchwirkten Abendhimmels und die Stille der Natur wirkten wie Balsam auf die gereizten Nerven des Mädchens. Sie vergaß ihren Gefährten, sie dachte an gar nichts, sie genoss, ohne ein Wort zu sagen, die Ruhe dieses schönen Abends.

Nikolaj schwieg lange. Schließlich wagte er ein paar Sätze. Da er keine Antwort bekam, wurde er mutiger und deutlicher. Er sagte zu Ariane, seit heute sei sie frei, nachdem sie das Gymnasium glanzvoll beendet und damit eine Lebensphase abgeschlossen habe. Nichts stehe nunmehr den Plänen im Weg, die man seit anderthalb Jahren hege, es bleibe nur noch, den Termin für ihre bevorstehende Hochzeit festzulegen. Und, was sie nach der Hochzeit tun wolle: ins Ausland reisen, auf ihrem Gut bleiben, auf die Krim fahren? Er erwarte ihre Entscheidung.

Das junge Mädchen blieb geistesabwesend. Nikolaj wurde unruhig:

»So antworten Sie doch, ich flehe Sie an«, sagte er voller Angst in der Stimme.

Sie wandte sich zu ihm, sah ihm in die Augen und sagte:

»Nikolaj, quälen Sie mich nicht. Ich Unglückliche … In ein paar Tagen sage ich Ihnen mehr. Jetzt müssen wir umkehren.«

Der dicke Junge war verstört. In diesem Ton hatte Ariane noch nie zu ihm gesprochen. Noch nie hatte sie so viel von sich preisgegeben wie in diesen drei Sätzen. Dumpf empfand er, dass sich hier etwas Tragisches zusammenbraute, das er nicht zu fassen bekam. Was ging hier vor? Ariane, eine Königin, der die Welt zu Füßen lag, fand sich unglücklich. Sie erbat sein Mitleid. Das überforderte seinen Verstand. Ihm wurde schwindlig davon. Plötzlich traten ihm Tränen in die Augen und er brach weinend zusammen.

Die Hand des Mädchens legte sich auf seine fiebrig glühende Hand. So fuhren sie zurück, ohne ein Wort zu sprechen.

An der Tür sagte sie mit derselben sanften Stimme:

»Auf Wiedersehen. In ein paar Tagen melde ich mich bei Ihnen.«

V
Der Alexanderpark

Der Alexanderpark war der ganze Stolz der Stadt. Kaum zehn Minuten zu Fuß vom Dom, bot er vielerlei Attraktionen. Ein Verein von örtlichen Honoratioren verwaltete ihn zum Nutzen der Allgemeinheit. Man zahlte fünfzig Kopeken Eintritt, mit Dauerkarte fünfundzwanzig. In der Mitte gab es eine Fahrradbahn mit überhöhten Kurven und zwei mit Maschendraht umzäunte Tennisplätze. Am Hang oberhalb der Rennbahn war ein Sommertheater mit überdachter Bühne zu sehen, dessen Zuschauer im Freien saßen. Dort wurden Operetten und leichte Komödien gespielt. Auf der anderen Seite gab es ein Restaurant mit großen Räumen, die zu den blumengeschmückten Terrassen hin offen waren; es wurde vom Eigentümer des Hotel London betrieben, der in der schönen Jahreszeit seinen berühmten Chefkoch und sein mittelprächtiges Musikensemble dorthin verlegte. In Sommernächten waren Terrassen, Theater und Restaurant strahlend hell erleuchtet. Offiziere und Beamte, Kaufleute und Fabrikanten trafen sich dort mit ihren Frauen, Söhnen, Töchtern und Geliebten. Schauspielerinnen lustwandelten hier abends nach der Vorstellung. Tausend Verstrickungen knüpften und lösten sich zwischen Theater und Restaurant, in der gnadenlosen Helligkeit der elektrischen Glühbirnen. Weiter entfernt verloren sich die Wege in geheimnisvollem Dunkel, zum Vorteil von Pärchen, die nicht gesehen werden wollten. Von dort war leidenschaftliches Getuschel zu hören, unterdrücktes helles Lachen, eilige Schritte.

Die beiden Mädchen durchquerten an diesem Abend die lange Terrasse mit ihrer belebten Menschenmenge, grüßten nach rechts und nach links, blieben aber nicht stehen. Sie kamen ans Restaurant, und da erhob sich ein Mann, der im Schatten eines Balkons gesessen hatte, und ging auf sie zu. Olga Dimitriewna erschrak.

»Er schon wieder«, entfuhr es ihr, und sie drückte den Arm ihrer Freundin fester, um sie weiterzuziehen.

Doch Ariane blieb stehen und reichte dem Mann, der ihr in den Weg getreten war, die Hand. Er war mittelgroß, mit dickem rundlichem Gesicht und kleinen Augen, die hinter leicht geschwollenen Lidern hervorblinzelten. Seine fahle Gesichtsfarbe deutete auf schlechte Gesundheit. Er trug einen Oberlippenbart nach englischer Art und um den kahlen Schädel einen akkurat geschnittenen Haarkranz. Er hatte derbe und geschwollene Hände. Er wirkte alterslos und ging schwerfällig, auf einen Stock gestützt. Seit einigen Jahren hatte er sich aus dem Beruf zurückgezogen. Er erstarb schier in Unterwürfigkeit, gab einem die Hand und ließ überhaupt nicht wieder los, packte einen an der Schulter, beugte sich herüber, wenn er mit einem sprach, so dass man zurückwich, um eine unangenehme Berührung zu vermeiden. Michail Iwanowitsch Bogdanow war ein belesener, gebildeter, neugieriger Geist, doch er hatte etwas Beängstigendes an sich, das sich schwer beschreiben ließ, auch wenn man es deutlich spürte. Von dem Ingenieur war viel die Rede gewesen, ohne dass man je Genaueres über ihn zu sagen gewusst hätte. Und sein Name war im Zusammenhang mit einer schmerzlichen Geschichte gefallen, die sich voriges Jahr in der Stadt zugetragen hatte. Eines der bezauberndsten jungen Mädchen der besseren Gesellschaft hatte sich mit achtzehn das Leben genommen. Die Gründe dafür waren unbekannt geblieben. Es war einer dieser Fälle von Lebensüberdruss bei der russischen Jugend, deren überspannte und zugleich schwache Nerven den ersten Stößen des Lebens nicht standhalten. Bei diesem jungen Mädchen hatte man Briefe von Bogdanow gefunden, rätselhafte, sehr literarische, sehr komplizierte Briefe, aus denen sich nichts erkennen ließ, außer dass es zwischen ihr und Bogdanow zarte Bande gegeben hatte, vielleicht rein seelischer Natur. Doch die öffentliche Meinung, die mit dem Rätsel nicht anders umgehen konnte, machte Michail Iwanowitsch für den Suizid verantwortlich, und man blickte ihn scheel an. Ausgerechnet zu dieser Zeit traf sich Ariane Nikolajewna öfters mit ihm, und sie führten, nie ohne Zeugen, ausführliche Gespräche. Michail Iwanowitsch schien großes Vergnügen daran zu haben. Arianes heller Verstand bezauberte ihn. Er sprach stets im respektvollsten Ton mit ihr, nicht wie zu einer Göre, sondern wie zu einer Frau von höherer Bildung, mit der man offen die schwierigsten Fragen erörtern kann. Er gab ihr zu verstehen, ohne es ausdrücklich zu sagen, dass sie in ihm immer einen verlässlichen Freund habe, ober- und außerhalb aller Konventionen, und dass es zwischen Leuten ihres intellektuellen Ranges nicht die Hürden gebe, die man gegen die breite Masse errichtet hatte. Etwas ganz anderes als diese hochgeistigen Unterhaltungen war eine reichlich materielle Sicht auf das Leben, die darauf hinauslief, dass Geld eine wichtige Rolle im Dasein spiele, und dass zu gegebener Zeit jeder es benötigen könne, plötzlich gezwungen sein könne, welches aufzutreiben, dass niemand gegen Schicksalsschläge gefeit sei und dass, sollte Ariane Nikolajewna je in die Lage geraten, Geld zu benötigen, er, Michail Iwanowitsch, nur allzu glücklich wäre, ihr etwas zur Verfügung zu stellen, denn er habe reichlich davon. Das war nie in der Direktheit ausgesprochen worden, derer ich mich hier bediene; kein Wort war gefallen, das Ariane Nikolajewna hätte erschrecken oder auf das sie ihren Gesprächspartner hätte festnageln können, der in der Lage war, alles durchblicken zu lassen, ohne es je beim Namen zu nennen. Doch letztlich ging aus allen Unterhaltungen, die sie geführt hatten, hervor, dass er ein Hilfsangebot gemacht und dass sie ihn verstanden hatte. Das alles natürlich eingehüllt in Wolken von feinsinnigen und durchgeistigten Worten, die aus den erdenschwersten Fragen etwas Erhabenes machten, etwas außerhalb der Welt des Nützlichen Befindliches, eine Art Seelenaustausch, einen Handel mit geistigen Waren.

Arianes sicheres Gespür hatte sie nicht getrogen. Sie konnte auf Michail Iwanowitsch zählen, wenn es vonnöten war. Von einem Preis, der für seine Hilfe zu zahlen sein könnte, war nicht die Rede, das verstand sich von selbst. Ob Ariane überhaupt darüber nachdachte, nachdem Michail Iwanowitschs Angebote stets im Reich des immerwährenden Wunschdenkens zu bleiben schienen? Das junge Mädchen war geschmeichelt davon, dass dieses wandelnde Rätsel, von dem die ganze Stadt sprach, sich in die Schar ihrer Untergebenen einreihte. Bogdanow war ein Geist von großer Überzeugungskraft, und die Huldigungen, die er ihr darbrachte, hatten einen eigenartigen Beigeschmack.

Mit Olga Dimitriewna im Schlepptau, die um nichts in der Welt ihren Arm losgelassen hätte, zog Ariane den Ingenieur von der Terrasse weg auf einen dunklen Seitenweg.

In der ihr eigenen Geradlinigkeit sprach sie sogleich die Frage an, die sie umtrieb:

»Wissen Sie«, sagte sie, »dass ich Sie brauche?«

»Unvergleichliche Freundin«, erwiderte er – er liebte diese Formeln und betonte noch in der übertriebenen Aussprache das Überkommene und Lächerliche daran –, »Sie wissen, dass ich gänzlich, gänzlich zu Ihrer Verfügung stehe … überglücklich, Ihnen hilfreich zu sein.«

»Ja, und zwar möchte ich auf die Universität gehen, und meine Familie macht Schwierigkeiten.«

»Ach! Die Familie, die Familie, was für ein scheußliches Joch … wirklich die reine Sklaverei! Ein Geist wie Ihrer, Ariane Nikolajewna … Was für eine Qual! Ich danke Ihnen, dass Sie an mich gedacht haben. Ich bin gerührt, wirklich gerührt … Aber haben Sie eines bedacht?« Mit beiden Händen nahm er die Hand des Mädchens und hielt sie fest. »Wie könnte ich es zulassen, Sie zu verlieren? Was würde aus mir ohne Sie in diesem Provinznest? Auf die köstlichen Minuten verzichten, die Sie mir gnädig gewähren, wie sollte ich das zulassen.« Er flüsterte so dicht an Arianes Gesicht, dass Olga Dimitriewna ihn kaum hören konnte. »Jedenfalls muss darüber nachgedacht und gesprochen, ausführlich gesprochen werden. Wir telefonieren, nicht wahr? Wann Sie wollen … Ich habe keine Abhaltungen … Seien Sie gewiss, und ich danke Ihnen von Herzen.«

Ariane zog ihre Hand zurück. Sie zögerte einen Augenblick, dann drehte sie sich zu Olga Dimitriewna und sagte:

»Warte hier auf mich, ich bin in einer Minute wieder da.«

Und dann verschwand sie mit dem Ingenieur im Dunkel, während ihre Freundin verdutzt zurückblieb.

»Michail Iwanowitsch«, sagte sie, »ich weiß nicht, warum ich mich an Sie wende. Ich denke nicht darüber nach. Vielleicht habe ich Unrecht … Aber ich mag klare Verhältnisse, und wir müssen offen reden. Ich bräuchte Geld, um auf die Universität zu gehen. Können Sie mir etwas leihen? Ich spreche von Leihen, denn aus dem Erbe meiner Mutter bekomme ich, sobald ich volljährig bin, ein paar zigtausend Rubel. Wollen Sie mein Bankier sein? Ich biete Ihnen ein

Geschäft an, ein einfaches Geschäft. Ich bitte Sie, es als solches anzusehen. Ich möchte niemandem etwas schuldig bleiben. Die Sache muss demnach so eingefädelt werden, wie ich das wünsche, oder wir lassen es. Und ich brauche die Antwort sofort. Können Sie mir Geld leihen, und welchen Zins würden Sie verlangen für das, was Sie mir vorstrecken?«

»Aber nein, meine Liebe, meine teure Freundin«, antwortete Michail Iwanowitsch, »ich verstehe gar nicht … Ich bin außer mir. Eine Geschäftsbeziehung zwischen uns beiden, vollkommen unmöglich … Gar nicht daran zu denken! Sie, Ariane Nikolajewna, brauchen ein paar lächerliche tausend Rubel. Die gehören Ihnen, ohne Bedingung, bedingungslos … Meine einzige Belohnung soll sein, dass ich, unwürdig wie ich bin, zur Weiterentwicklung Ihrer besonderen Persönlichkeit beitragen konnte. Es ist mir eine Ehre, eine große Ehre … – Ich zittere nur, offen gestanden, bei dem Gedanken, Sie zu verlieren … Meine schlechte Gesundheit lässt keinen Aufenthalt in Sankt Petersburg oder Moskau zu … Ich müsste mich darauf verlassen können, dass Sie mich nicht vergessen … ja, dass Sie einmal im Jahr in den Ferien hierherkommen und sich um mich kümmern wie um einen Krüppel. Ich bin ein kranker Mann, wirklich ein Kranker, der nicht viel braucht … nur ein paar Stunden die Woche Unterhaltung mit Ihnen … Sie können das nicht wissen, Ariane Nikolajewna, aber die einzigen Tage, an den ich Leben in mir fühle, sind die, wo Sie mir die Gnade zuteilwerden zu lassen geruhen, mit mir zu plaudern. Der Zauber Ihres Geistes ist ein unübertroffenes Heilmittel gegen all meine Leiden, schon der Klang Ihrer Stimme gibt mir Kraft … Ein Wunder, wahrlich ein Wunder! Und wenn Sie mir noch erlauben, das zu sagen: Ich leide schrecklich, dass ich Sie so selten sehe, immer nur zufällig in der Menge, und stets zusammen mit Ihrer Freundin, die bezaubernd ist, aber deren Verstand nicht an den Ihren heranreicht … Wenn Sie Mitleid mit mir hätten, würden Sie mir ein paar Stunden Unterhaltung gewähren, aber in ruhiger Umgebung, fern von Störern, bei mir zu Hause … Das wäre ein Akt der Nächstenliebe. Sie haben solch eine köstliche Lebensbegabung, liebe Freundin, dass sich sogar Sterbenden etwas davon mitteilt! Wissen Sie, wie Sie für mich heißen? ›Die Königin von Saba‹. Ja, Sie erinnern sich, die Königin von Saba in der *Versuchung des Heiligen Antonius*, ›die so viele Geschichten zu erzählen wusste, eine unterhaltsamer als die andere‹. Alles, was Sie mir aus Ihrer wunderbaren Kindheit erzählen und von Ihrer Zeit hier bei uns, ist farbiger als die schönsten orientalischen Märchen … Das ist die einzige Gnade, um die ich Sie bitte.«

Ariane erwiderte, im kühlsten ihr möglichen Ton, der in seltsamem Gegensatz stand zum aufgewühlten Pathos von Michail Iwanowitsch:

»Und wievielmal die Woche bis zu meiner Abreise soll ich bei Ihnen zu Hause ›die Königin von Saba‹ sein?«

Michail Iwanowitsch war sprachlos:

»Aber, meine Liebe …«, hob er an.

»Antworten Sie bitte klar und deutlich. Ich will alle Bedingungen des Handels kennen.«

»Ich halte es nicht aus, Sie so sprechen zu hören … Ein Handel! Sie verstehen mich ganz falsch …«

»Wenn ich nicht sofort eine Antwort von Ihnen bekomme, gehe ich, und wir sprechen nie wieder darüber.«

Michail Iwanowitsch zögerte:

»Ich weiß nicht, vielleicht zwei- oder dreimal die Woche …«

»Sagen wir zweimal. Und wie viele Stunden soll ich Geschichten erzählen?«

»Sie sind wirklich grausam, diese Genauigkeit, furchtbar!«

»Na gut, dann setze ich es selber fest. Zweimal die Woche eine Stunde. Das sind also Ihre Bedingungen … Ganz schön teuer … Ich werde es mir überlegen … Auf Wiedersehen …«

Er hielt sie zurück:

»Noch ein Wort … Ich ziehe bald um. Ja, es war kein gutes Zuhause für mich, ein allzu lautes Haus. Und schließlich habe ich lange dort gewohnt, das Haus ist voller Erinnerungen … Wissen Sie, dass ich nicht umgeben von Erinnerungen leben kann? Sie suchen mich heim … Ich bin ein kranker Mann, Ariane Nikolajewna, verstehen Sie das bitte. Ich habe also ein kleines Haus in der Vorstadt gemietet, sehr ruhig, einsam gelegen, das kleine Haus, das Leo gehört, genau, dem Portier vom Hotel London … Ich habe es ganz für mich allein …«

Und schon ging Michail Iwanowitsch, gestützt auf seinen Stock und ein Bein hinter sich herziehend, von dannen.

Ein Dutzend Leute saßen beim Abendessen auf der Restaurantterrasse. Ariane und Olga waren die beiden einzigen jungen Mädchen. Pawel Pawlowitsch war da und der große blonde junge Mann, der Ariane auf der Straße angesprochen hatte, als sie heute früh um fünf aus dem Hotel London kam. Den Vorzug, rechts neben Ariane sitzen zu dürfen, genoss heute Abend ein Student mit schmalem, feinem Gesicht, nachtschwarzem Haar, aber blauen Augen und wunderbar weißen Zähnen. Man hatte Wodka getrunken, nun gab es

Champagner. Olga Dimitriewna blickte ihren Nachbarn liebevoll an, sie hatte ihre Hand auf die seine gelegt und vertraute ihm mit sanfter Stimme an, dass sie todtraurig und an der Seele krank sei. Ariane funkelte von Leben und Geist. Nie war sie fröhlicher gewesen, nie strahlender. Auf alle ging sie ein und schoss mit ihren geschwungenen Lippen geschliffene Sentenzen ab wie Pfeilspitzen.

Doch plötzlich, als das Gespräch auf die Ehrbarkeit in der Liebe kam, wechselte ihr Ton, und allen fiel die veränderte Färbung auf, als sie sagte:

»Ehrbar, was ist das? Ein Mädchen, das sich für Geld hingibt, hat seine Ehrbarkeit, genauso wie eine Frau, die keinen Liebhaber hat. Wer kann von außen abschätzen, wo Ehre und wo Schande herrscht? Das Gefühl dafür sitzt tief in uns, und jeder muss für sich darüber urteilen … Ich könnte mich verkaufen«, setzte sie hinzu und sah Olga Dimitriewna durchdringend an, die zusammenzuckte, »und dabei vor mir selber ehrbar bleiben.«

»Was sagen Sie da?«, warf der blonde junge Mann entsetzt ein.

»Ja«, versetzte Ariane, »angenommen, ich hätte kein Geld und ich fühlte in mir den unbezähmbaren Drang, meinen Verstand weiterzuentwickeln, auf die Universität zu gehen, an der höheren Bildung teilzuhaben, für die ich geboren bin. Ich kann doch nicht in Betracht ziehen, das verfolgte Ziel zu verfehlen, indem ich meine Zeit damit vergeude, armen Dummchen für zwei Rubel die Stunde etwas beizubringen. Ich brauche also Geld. Wen frage ich? Meinen Geliebten? Das ist unmöglich, man vermischt nicht Geld- und Liebesdinge. Wenn aber nun ein Mann, den ich nicht liebe, mir für ein paar Stunden, die er meinen Leib haben darf, die Möglichkeit eröffnet, ein buntes und geistig anregendes Leben zu führen – bin ich nicht geradezu verpflichtet, diesen Handel einzugehen? … Bleibe ich nicht ehrbar und mir selbst treu, wenn ich es als einen Handel annehme, bei dem ich mit der einzigen Währung bezahle, die ich besitze? Mag mich die Welt verdammen. Wer ist die Welt? Eine Versammlung von Dummköpfen und eine Häufung von Vorurteilen. Mögen sie über mich denken, wie sie wollen. In meinen Augen aber bleibe ich ein ehrbares Mädchen …«

Begeisterter Beifall von der einen Hälfte der Gäste. Pawel Pawlowitsch blickte zu Boden.

»Recht hat sie!«, rief einer

»Das ist wahre menschliche Moral«, sagte ein anderer, »bravo!«

Olga Dimitriewna hatte dem Nachbarn ihre Hand unerwartet heftig weggezogen; er beugte sich zu ihr herüber; sie weinte.

»Was haben Sie?«, fragte er.

»O bitte«, erwiderte sie, »denken Sie sich nichts. Das sind die Nerven … Reden Sie weiter mit mir, damit die anderen meine Tränen nicht sehen.«

VI
Getrübte Tage

Die Bekannten in der Dworanskajastraße waren beunruhigt, denn Warwara Petrownas Wesen hatte sich eigenartig gewandelt. Bis vor Kurzem war sie die fröhlichste, liebenswerteste, sorgloseste, tagein, tagaus ausgeglichenste Frau gewesen. Warwara, deren Zauber von ihrer heiteren guten Laune kam, die genau wie ihr schönes schwarzes Haar ein Teil von ihr zu sein schien, und deren Lächeln die Leute um den Verstand brachte, zeigte sich nun je nach Tageszeit nervös, unruhig, rastlos und wenig selbstbeherrscht. Sie, die zu niemandem je ein verletzendes Wort gesagt hatte, konnte plötzlich richtig gemein sein zu ihren ältesten Freunden, die einander dann verschreckt ansahen und die schlimmsten Befürchtungen hatten.

Wladimir Iwanowitsch, der schöne Doktor mit den ergrauenden Schläfen, ging noch immer ein und aus in der Dworanskajastraße. Doch er war unruhig, setzte sich für ein paar Minuten dazu, wenn Warwara Petrowna in Gesellschaft war. Wenn er in den kleinen Salon gelangte, hinter dem die Schlafkammer war, dann stets im Laufschritt, die Zigarette im Mundwinkel. Anders als früher verbrachte er jetzt nicht mehr ganze Abende mit Warwara. Auch er hatte die Ruhe und Gelassenheit verloren, die er sich früher stets bewahrt hatte.

Warwaras Verhalten Ariane gegenüber war befremdlich. Mal erstickte sie sie schier mit Zärtlichkeit, hielt sie unter verschiedensten Vorwänden fest, hinderte sie am Ausgehen, überhäufte sie mit Geschenken. Dann wieder beschimpfte sie sie in Gegenwart von anderen, hielt sie sich vom Leibe, sprach tagelang nicht mit ihr, tat so, als kenne sie sie gar nicht mehr. Ariane ertrug diese Launenhaftigkeit ungerührt, als bemerke sie weder Zuneigung noch Zorn von ihrer Tante.

Eines Tages, kurz nach der Abschlussprüfung am Gymnasium, als die Tante gerade in einer Phase von Fröhlichkeit und Aufschwung war, schnitt Ariane das Thema ihres geplanten Aufbruchs zur Universität an und schilderte ihr die Schwierigkeiten, die sie mit ihrem Vater hatte. Warwara hatte ihren Schwager noch nie leiden können und hatte keinen Kontakt mit ihm.

»Meine Liebe, dein Vater war immer schon ein Dummkopf«, sagte sie, »und du bist zu klug, um bei ihm zu wohnen. Seine Vorstellung, dich zu verheiraten, ist vollkommen abwegig. Du bist noch ein Kind. Was weißt du schon vom Leben? Hast du überhaupt einen Liebhaber?«

Sie hielt inne, lachte, musterte ihre Nichte und fuhr fort:

»Ja, hast du eigentlich einen Liebhaber? Du weißt alles von mir, ich habe dir nie etwas verheimlicht. Und ich, wenn ich es recht bedenke, was weiß ich eigentlich von dir? Na los, sag was, du kleine Geheimnistuerin …«

Das Mädchen lächelte, antwortete aber nicht. Warwara sprach weiter:

»Die Stadt liegt dir zu Füßen. Du machst die Männer ganz verrückt. Aber was gibst du eigentlich? Ich muss dich ja bloß anschauen: Du bist genau wie wir. Als sie so alt war wie du jetzt, hatte deine Mutter eine Romanze. Ich selbst lebte mit achtzehn, wie es mir gefiel. Und überall höre ich, dass die jungen Mädchen heute noch viel fortschrittlicher sind und viel weiter gehen als wir … Komm, sei doch mal ehrlich! Wie hältst du's mit den Männern? Soweit ich sehe, lässt du sie nach deiner Pfeife tanzen … Ach! Ich beneide dich«, sagte sie nach kurzem Nachdenken. »Damals …« Warwara Petrowna seufzte. »Jedenfalls wirst du mich nicht verlassen«, sagte sie abschließend, »es geht dir hier gut, du bist frei. Du gehst aus und kommst nach Hause, wann es dir gefällt. Was willst du mehr? Ich lasse dich nicht los.«

Etwas Leidenschaftliches lag in dem letzten Satz, Ariane spürte es. Vergeblich versuchte sie, die Tante umzustimmen. Warwara wollte nichts davon hören.

In Wahrheit war sie auf einem langen Weg zu einer merkwürdigen Überlegung gelangt. Es war ihr nicht entgangen, dass Wladimir Iwanowitsch stets dann kam, wenn Ariane zu Hause war, dass er an der funkelnden Unterhaltung mit ihrer Nichte Gefallen fand, dass er Gelegenheiten suchte, ihr zu begegnen. Anfangs hatte sie nur eine dumpfe Verstimmung empfunden, dann aber bald erkannt, dass Arianes Gegenwart ein sicheres Mittel war, ihren flatterhaften Liebhaber anzulocken, und dass Wladimir Iwanowitsch sich seltener würde blicken lassen, wenn das Mädchen nicht mehr da wäre. Dabei wurde ihr nun klar, dass inzwischen der reine Anblick Wladimirs das Einzige war, was für sie zählte. So sagte sie sich schließlich: »Was steht für mich auf dem Spiel? Ariane ist ein Kind. Für sie ist der Doktor praktisch ein alter Mann. Schöne junge Männer zwischen zwanzig und dreißig machen ihr den Hof. Unter ihnen wird sie sich einen Liebhaber suchen. Wladimir interessiert sie nicht. Man muss schon das Leben kennen wie ich, um das Besondere an ihm zu sehen.«

Weiter blickte die arme Warwara nicht. Sie hielt Ariane fest, um Wladimir an sich zu binden, und ahnte nicht, was für ein gefährliches Spiel sie spielte.

So gelang es Ariane nicht, ihre Tante davon zu überzeugen, dass es unerlässlich war, sie auf die Universität gehen zu lassen.

Am Ende des Gesprächs blickte Ariane ihr in die Augen und sagte einfach nur:

»Gut. Du hast es so gewollt …«, und verließ den Raum. Warwara blieb zurück und bedachte ängstlich, was diese rätselhaften Worte bedeuten mochten.

Am selben Abend ging Ariane, nachdem sie sich überzeugt hatte, dass niemand in der Nähe war und sie hören konnte, zum Telefon im Esszimmer, verlangte eine Verbindung und sprach einen kurzen Satz in den Apparat.

Ein Monat war vergangen. Mitten in diesem heißen und gewittrigen Sommer gab es im Haus an der Dworanskajastraße einen Zwischenfall. Eines Abends gegen acht kam Warwara Petrowna von einer Ausfahrt nach Hause und fand die Tür zu den Wohnräumen offen, so dass sie nicht zu klingeln brauchte. Mit flinken, leisen Schritten durchquerte sie das Esszimmer, ohne dass es jemand mitbekam. Die Tür zu Arianes Zimmer stand offen, und drinnen sah sie das Mädchen in einem leichten weißen Kleid an der Wand lehnen. Vor ihr stand, die beiden Hände an der Wand, so dass Ariane davon eingeschlossen war, Wladimir Iwanowitsch, so dicht bei ihr, dass für Warwara das Gesicht ihres Liebhabers jenes ihrer Nichte zu berühren schien.

Sie brachte die Kraft auf, geräuschlos in ihr Zimmer zu gehen und die Glocke zu läuten, und bald wusste man im ganzen Haus, dass Warwara Petrowna krank war. Alle bemühten sich eifrig um sie.

Am nächsten Morgen rief sie nach Ariane und sagte betont gleichgültig:

»Ich habe es mir anders überlegt … Ich habe kein Recht, dich hierzubehalten. Du musst dein Leben nach deinen Vorstellungen einrichten und studieren, was dich interessiert. Geh also auf die Universität, nach Moskau, nach Sankt Petersburg, nach Lüttich oder wohin auch immer. Ich gebe dir das Geld zum Leben. Mit monatlich zweihundert Rubel bist du eine reiche Studentin, du kannst dir schöne Kleider leisten, feine Wäsche und Parfums aus Paris.«

Arianes Antwort verblüffte die Tante:

»Ja, ich werde auf die Universität gehen«, sagte sie, »so wie ich es längst beschlossen habe. Aber ich brauche kein Geld. Vielen Dank, ich habe meine Vorkehrungen getroffen. Ich bin frei und werde es immer bleiben.«

Vergeblich versuchte Warwara, etwas aus ihrer Nichte herauszubekommen. Sie war neugierig geworden. Aber sie erfuhr nichts. Ariane ging, ohne die geringste Erklärung gegeben zu haben.

Warwara blieb allein zurück mit dem unangenehmen Gefühl, dass sie rein gar nichts über ihre Nichte wusste, die sie auf die Welt hatte kommen sehen und die seit drei Jahren bei ihr lebte. Dieses junge Mädchen, das so offen und zugänglich wirkte, hatte etwas Undurchsichtiges, und es gelang ihr nicht, zu diesem Geheimnis vorzudringen. Zum ersten Mal begriff Warwara, dass sie keinerlei Macht über Ariane hatte. Ariane entglitt ihr. Wer war sie eigentlich?

In ihrer Aufregung konnte sie nicht an sich halten und sprach noch am selben Abend mit Wladimir Iwanowitsch über ihre Beunruhigung. Er war nicht weniger beunruhigt. Aufgewühlt wie sie waren, alle beide, konnte Wladimir seiner Freundin nicht mehr verheimlichen, dass er bis zur Raserei in Ariane verliebt war. Eine merkwürdige, anrührende Szene. Die beiden Liebenden badeten in ihren Tränen. Schon lange hatten sie keine Stunde von so tiefer Innigkeit mehr erlebt.

Um die Mitte des Sommers gerieten in der Stadt unerfreuliche Gerüchte über Ariane Nikolajewna in

Umlauf. Zweimal behaupteten Stammgäste im Hotel London, sie hätten sie spätnachts noch über den Flur laufen sehen. Der eine sagte, sie sei nach Mitternacht in ein Zimmer gegangen, »wo Champagner getrunken wurde«. Der andere behauptete, er habe sie zu später Stunde allein die große Treppe des Hotels hinuntergehen sehen. Klar, dass sich böse Zungen daran labten! Ariane war gewiss nicht die Erste, der man nachsagte, sie habe Liebhaber, und dass die jungen Mädchen äußerst freizügigen Umgang hatten, war nichts Ungewöhnliches. Doch alles hat seine Grenzen. Dass ein Mädchen etwas tat, das über einen anfänglichen Flirt hinausgeht – welcher Russe würde sich darüber wundern oder gar tadelnde Worte dafür finden? Das sind Dinge, für die sich stets mühelos Erklärungen, ja Entschuldigungen finden lassen, und nur Dummköpfe tun so, als fänden sie das überraschend. Doch das Feiern, die Abendessen im Hotel London, die unvermeidliche Öffentlichkeit: So beginnt das Gerede. Das blieb auch Ariane Nikolajewna nicht erspart. Die jungen Mädchen und die Frauen mochten sie nicht besonders. Sie hatte zu viel Erfolg – auch bei Honoratioren. Fast alle Männer, die in ihre Nähe kamen, verliebten sich in sie. Sie stellte also eine Gefahr dar, und Ariane war offenbar nicht daran gelegen, sich mit den Frauen gutzustellen, ja mit ihrer Mischung aus Hochmut und Spott zog sie sich deren Hass zu. Es machte ihr Spaß, die stabilsten Verbindungen ins Wanken zu bringen und glückliche Ehen mit oder ohne Trauschein zu zerstören. Und in diesem Sommer schien es, dass sich ein böser Geist ihrer bemächtigt und sie beschlossen hätte, sich – wofür auch immer – zu rächen, indem sie den Männern, vorzugsweise Männern in festen Beziehungen, den Kopf verdrehte. Niemand hatte eine Ahnung, was sie ihnen wirklich gewährte. Aufs Geratewohl unterstellte man das Schlimmste. Und die Vielzahl von Liebhabern, die man ihr nachsagte, ließ keine Nachsicht zu.

Leider muss hier noch angefügt werden, dass ihr Name auch in Zusammenhang mit einem Skandal genannt wurde, der deutlicher umrissen war. Eines Abends gegen elf beschlossen zwei Lebemänner, die zu Abend gegessen und über den Durst getrunken hatten, sich in weiblicher Gesellschaft zu dem kleinen Haus in der Vorstadt zu begeben, das Leo gehörte, dem Portier des Hotel London. Sie kannten das Haus recht gut, denn sie hatten manches Mal die verschwiegene Gastfreundschaft genossen, die es Leuten bot, die ihr Liebesglück nicht gern offen zeigen wollten. Sie wussten nicht, dass das Haus seit dem Frühsommer an den Ingenieur Michail Iwanowitsch Bogdanow vermietet war.

Sie fuhren in der Kutsche vor und läuteten. Keine

Antwort. Verwundert über das Schweigen, begannen sie an die Tür zu klopfen. Endlich wurde geöffnet, und sie standen der Alten gegenüber, die ihnen erklärte, das Haus sei an Bogdanow vermietet, und sie sollten sich trollen, damit es kein Gerede gebe. Sie ließen nicht locker; sie verständen nicht, was sie da sage, sie seien entschlossen, hereinzukommen und etwas zu trinken. Die Alte schrie, sie schubsten sie beiseite und begannen, obwohl ihre Begleiterinnen sie davon abhalten wollten, die Treppe hinaufzugehen. Im Flur erschien Michail Iwanowitsch mit einem Stock in der Hand und beschwor sie, das Haus zu verlassen. Sie rempelten ihn an. Er wich aus und flüchtete sich in ein Zimmer, wo er telefonieren und die Polizei rufen konnte. Inzwischen hatte sich eine Tür geöffnet und auf dem Flur erschien eine junge Frau, das Gesicht halb mit einem Schal vermummt, und floh auf die Straße. Die beiden Frauen, die in der Kutsche geblieben waren und noch zögerten, ob sie wegfahren sollten, glaubten die feine und elegante Ariane Nikolajewna gesehen zu haben, die ja in der ganzen Stadt bekannt war.

Am nächsten Tag wussten es alle, ausgeschmückt mit tausend Einzelheiten. Das Mädchen sei sogar in Bogdanows Bett überrascht worden. Sie sei im Hemdchen weggelaufen; eine der beiden Frauen habe ihr ihren Mantel geliehen. Andere sagten, sie sei ohnmächtig geworden, die Polizei habe einen Arzt rufen lassen usw. usw. Jede Aussage war zweifelsfrei getroffen worden von Leuten, die sich ihrer Behauptung ganz sicher waren.

Es gab ein gewaltiges Gerede. Ariane Nikolajewna ging weiterhin spazieren, suchte den Alexanderpark auf und aß mit ihren Freunden zu Abend, als beträfen die Gerüchte sie nicht im mindesten. Eine Woche später allerdings fuhr sie für zehn Tage auf das Landgut ihrer Tante.

Ich vergaß anzumerken, dass sie kurz vor diesem jüngsten Skandal ihren selbsternannten Verlobten zu sich bestellt hatte. Sie sprach lange mit ihm und teilte ihm mit, dass sie auf die Universität gehen werde. Nikolaj hatte durchaus etwas mitbekommen von dem, was es in der Stadt an Gerede über Ariane gab. Unnütz zu betonen, dass er kein Wort davon glaubte. Er hatte die Leute, die so redeten, angesehen mit einem Blick, dass sie unverzüglich damit aufhörten und die Rede auf ein anderes Thema brachten.

Was ihm Ariane sagte, nahm er ungerührt auf. Er schien es vorhergesehen zu haben. Es stürzte ihn nicht in Verzweiflung, sondern er erklärte mit ruhiger und fester Stimme, er verstehe ihre Entscheidung, sie dürfe gern noch zwei oder drei Jahre arbeiten, aber er werde nicht von ihr ablassen, er werde auf sie warten, und am Ende wären sie Mann und Frau, anders könne es nicht sein. »Es steht geschrieben im Buch des Himmels«, sagte er wörtlich.

Nach diesem Gespräch ließ er sich ziemlich lange nicht in der Stadt blicken und verließ sein Anwesen nicht.

Es war September geworden, und Ariane machte sich reisefertig. Direkt am Bahnhof spielte sich am Abend ihrer Abfahrt eine eigenartige Szene ab. Sie war dort in Begleitung von Warwara Petrowna, dem Doktor Wladimir Iwanowitsch, Olga Dimitriewna und ein paar gleichaltrigen Freunden. Auf der Stufe ihres Waggons gab sie der Tante einen Abschiedskuss. Da rumpelte ein grobschlächtiger Kerl, fast doppelt so alt wie sie, in das Freundesgrüppchen. Nikolaj Iwanow, denn der war es, stieß Ariane ins Abteil, wo Olga Dimitriewna noch saß. Er war blasser als sonst und schien außer sich. Er baute sich vor dem Mädchen auf, sah sie einen Augenblick lang an und versetzte ihr dann einen Faustschlag, dass sie auf die Sitzbank fiel. Nikolaj bebte, fiel auf die Knie, nahm Arianes Rock in die Hand und küsste mehrmals den Saum. Dann stand er auf und floh in die Nacht; seinen Hut, der herabgefallen war, ließ er zurück.

Der Gong schlug zum dritten Mal, der Zug pfiff und setzte sich in Gang vor den Augen der Anwesenden, die, völlig verdattert von diesem Angriff, zurückblieben.

Zweiter Teil

I
Boris Godunow

An jenem Abend – es war im April – stand Schaljapin zum ersten Mal in dieser Spielzeit auf der Bühne des Bolschoi-Theaters in Moskau, in der Rolle des Boris Godunow. Schon der Anblick des Zuschauerraums konnte glanzvoller nicht sein; seit drei Wochen war das Theater bis auf den letzten Platz ausverkauft. Die tressenbesetzten Uniformen der Offiziere und Beamten, das Blinken ihrer Abzeichen, das bunte Leuchten der Orden, der Putz der Frauen, das Schimmern der Perlen und das Funkeln der Diamanten ergaben ein farbenfrohes und strahlendes Bild.

In der vierten Reihe der Orchestersessel saß Ariane Nikolajewna. Der Platz neben ihr war frei, obwohl es bereits sieben geschlagen hatte. Ariane betrachtete gleichgültig ihre Nachbarn und warf von Zeit zu Zeit einen Blick ins Programmheft, das sie fest in ihren unbehandschuhten Händen hielt. Sie drehte sich um und hob den Blick zum zweiten Rang. Mit Mühe entdeckte sie – einen kleinen hellen Punkt zwischen hunderten vergleichbaren Punkten – das bartlose Gesicht eines Studenten mit goldenen Schulterstücken. Der Student blickte zu ihr herüber. Mit einer Kopfbewegung gab sie ihm ein freundschaftliches Zeichen, das er ausgiebig erwiderte.

Das Orchester spielte die Ouvertüre. Der Platz neben ihr war immer noch leer.

Ariane war schlecht gelaunt, und diese schlechte Laune zog sich nun schon über Wochen hin. Das halbe Jahr Moskau hatte ihr nicht die Bezauberung eingebracht, die sie sich davon versprochen hatte. Sie hatte sich alleingelassen gefühlt, verloren in der riesigen Stadt. Zu Hause war sie eine Königin, die Stadt lag ihr zu Füßen. Hier musste sie das Terrain von Grund auf neu bearbeiten. Ariane hätte die Kraft dazu gehabt, doch ein unangenehmes Erlebnis hatte ihr jeglichen Schwung genommen. In ihrer Einsamkeit und im Verdruss über das Leben in der Familie – denn als letztes Zugeständnis an ihren Vater lebte sie bei einem Onkel, mit dem sie sich, ebenso wie mit dessen Frau, nicht gut verstand – war sie fleißig ins Theater gegangen, vor allem in das wunderbare Künstlertheater. Sie hatte sich in einen der ersten Schauspieler dieser weltweit einzigartigen Truppe verliebt, hatte ihn in allen Vorstellungen gesehen und schließlich auch kennengelernt. Er hatte sie mit seinem Automobil auf Ausflüge mitgenommen, sie hatten gemeinsam zu Abend gegessen, im Restaurant und bei ihm zu Hause. Nach einigen Monaten engen Austauschs hatte sie erkannt, wie mittelmäßig er war, und ihn verlassen, ohne ein Wort, mit größtmöglicher Verachtung. Von dem Abenteuer war ihr ein bitterer Nachgeschmack geblieben. Sie versuchte zu arbeiten. Von den Professoren war sie enttäuscht. Mit einem Wort: Sie war auf die Stadt Moskau schlecht zu sprechen wegen der Enttäuschungen, die sie dort erlebt hatte.

Auf der Bühne beschworen die Leute aus dem Volk vor der Klosterpforte den nicht sichtbaren Boris, die Krone anzunehmen und ihrem Elend ein Ende zu machen. Ihre Wechselgesänge waren von herzzerreißender Traurigkeit.

Da kam ein Mann in die Reihe, in der Ariane saß, zwängte sich mit einer Entschuldigung an ihr vorbei und setzte sich auf den leer gebliebenen Platz. Ariane sah, dass er großgewachsen war, alterslos und in seinem ganzen Auftreten irgendwie lässig und unbesorgt. Nach ein paar Minuten, während sie schon mehrmals den Blick ihres Nachbarn auf sich ruhen gefühlt hatte, fragte er sie leise:

»Wer gibt heute den Boris?«

Sie wandte sich zu ihm, ohne ihr Erstaunen zu verbergen:

»Natürlich Schaljapin.«

Der Nachbar machte ein Handbewegung, als wollte er sagen, er verstehe jetzt das Überraschende seiner Frage, lächelte und sagte:

»Ich erkläre es Ihnen in der Pause. Danke.«

Ariane unterdrückte ein Lachen und schwieg.

Der Vorhang fiel nach dem ersten Akt, und die Lichter im Saal gingen an.

Der Nachbar sagte:

»Was mögen Sie nur von mir denken? Aber meine Ahnungslosigkeit lässt sich erklären. Ich bin erst heute in Moskau angekommen; als ich um sieben ins Hotel National kam, erfuhr ich durch Zufall, dass heute *Boris Godunow* gegeben wird, und bin ganz schnell hingegangen.«

»Aber Sie hatten doch gar keine Karte«, sagte Ariane, gegen ihren Willen neugierig geworden.

»Oh«, sagte er mit einem Lächeln, »für mich gibt es überall noch einen Platz. An der Kasse wurde ich abgewiesen, das stimmt, aber im Foyer stand, als hätte sie genau auf mich gewartet, eine alte Frau, die mir die Karte einer erkrankten Person anbot. So einfach ist das.«

»Und Ihnen gelingt alles so leicht?«

»Offenbar.«

Der Vorhang ging auf und beendete ein Gespräch, an dem beide Gefallen gefunden hatten.

In der Pause gab es großes Durcheinander im Saal. Der Sitznachbar sagte zu Ariane:

»Ich sterbe gleich hungers, ich habe noch nicht gegessen. Tun Sie mir den Gefallen und kommen mit mir ans Büfett, denn ich fühle, dass ich Sie lieber bei mir habe.«

»Ich bin nicht allein hier«, sagte sie, »ein Student ist mit mir da. Er hat vierundzwanzig Stunden angestanden, um zwei Karten zu bekommen, eine auf der Galerie, die andere hier.«

»Ein Grund mehr, hier abzuhauen.«

Ariane Nikolajewna folgte ihm.

Im Verlauf des Abends machte ihre Bekanntschaft so große Fortschritte, dass er ihr in der letzten Pause vorschlug, sie nach Hause zu begleiten. Sie hielt dem entgegen, dass der Student ein Automobil für sie bestellt hatte. Dann änderte sie ihre Meinung und sagte:

»Na ja, es wird ihm eine Lehre sein.«

Und kaum war der Vorhang gefallen, liefen sie davon wie zwei Schüler auf der Flucht. Er schlug vor, zusammen zu Abend zu essen. – Das komme gar nicht in Frage. – Er wollte einen Wagen nehmen. – Sie sträubte sich. Sie hatte sich vorgenommen, zu Fuß nach Hause zu gehen, obwohl sie in der Sadowajastraße wohne, eine halbe Stunde vom Stadtzentrum entfernt. Und so schlitterten sie durch den Matsch und den schmelzenden Schnee. Löcher im Straßenbelag, rutschiges Pflaster und Hindernisse auf dem Weg rechtfertigten sein – von ihr gern angenommenes – Angebot, ihr den Arm zu reichen. Er sah beim Reden zu ihr hinüber. Über ihrem eleganten, tief ausgeschnittenen Abendkleid trug sie einen umhangartigen schwarzen Mantel und ein auffallendes Lodenhütchen, das zusammengefaltet in einer der Manteltaschen gesteckt hatte. Und schon waren sie am Pläneschmieden.

»Da Sie eine Musikfreundin sind«, sagte er, »kommen Sie doch übermorgen mit mir in *Fürst Igor*.«

»Aber Sie werden keine Karten bekommen.«

Er blieb stehen, trat ihr gegenüber und nahm sie bei beiden Händen:

»Wissen Sie denn nicht, dass ich immer bekomme, was ich will? Also, wir gehen in *Fürst Igor*, und da wir dann schon alte Bekannte sind, werden Sie mir nicht verwehren, zusammen mit mir zu Abend zu essen.«

»Na gut, wenn Sie Karten auftreiben, einverstanden. Aber es ist ausverkauft.«

Sie waren an ein schönes Mietshaus in der Sadowajastraße gekommen.

»Hier wohne ich«, sagte sie.

»Übrigens, geben Sie mir doch Ihren Namen und Ihre Telefonnummer.«

Er schrieb auf, was sie ihm diktierte, dann reichte er ihr eine Visitenkarte:

Sie las: »Konstantin Michail.«

»Das ist doch kein Name«, sagte sie.

»Immerhin heiße ich so.«

II
Ein Abendessen

Von Anbeginn einer Beziehung
sollte man ein paar Minuten
finden, um vernünftig zu reden.
Senancour, Über die Liebe

Zwei Tage danach saßen Konstantin Michail und Ariane Nikolajewna nebeneinander auf dem Sofa in einem Separee des berühmten Restaurants des Eremitage-Hotels. Ariane war bester Laune. Konstantin ließ sich ihr ganzes Leben erzählen und genoss in vollen Zügen die Geschichten, die sie auftischte. Warwara Petrowna war ihm bereits ein Begriff, er wusste, dass Ariane einen Halbverlobten namens Nikolaj Iwanow hatte, der in der Verlobungszeit schon einige bittere Erfahrungen hatte machen müssen; die Abendessen im Hotel London waren ihm vertraut, ebenso der Kreis von Verehrern, der dort die strahlende Ariane umgab. Der Alexanderpark erschien ihm der hinreißendste Park von ganz Russland, wo tausend Verstrickungen geknüpft und gelöst wurden im Licht-und-

Schatten-Spiel von dunklen Wegen und strahlenden Terrassen unter dem Schein der elektrischen Glühbirnen. Mit wenigen lebhaften Pinselstrichen hatte Ariane es verstanden, die Kulisse und die wichtigsten Akteure ihres früheren Lebens zu schildern. Wie mit eigenen Augen sah er den leichtfüßigen Gang und das unwiderstehliche Lächeln von Warwara Petrowna; der arme Nikolaj war eine bedauernswerte Figur auf diesem Gemälde; in rätselhaftem Zwielicht zogen ein paar Gestalten vorüber, über die Ariane, die sich gern damit brüstete, dass sie nichts ungesagt lasse, fast gar nichts verriet, sondern es dem Scharfsinn ihres Gefährten überließ, Andeutungen zu kombinieren.

Konstantin gefiel das, und doch war er ratlos. Wer war dieses herrische, willensstarke, geistreiche, gescheite junge Mädchen? Sie war lebenserfahren wie eine Frau. Manchmal hatte sie etwas Ernsthaftes im Blick. Ihre Stirn wirkte energisch und dabei durchaus nachdenklich. Doch als sie neulich Abend ihren Umhang überzog und das aberwitzige schwarze Hütchen aufsetzte, wirkte sie wie eine sechzehnjährige Göre. – Sie kommt aus dem Süden, gewiss, sagte er sich, doch wie frühreif die Mädchen dort auch sein mögen, es braucht mehrere Jahre Erfahrung, bis solch ein Schatz an praktischer Weisheit angehäuft ist, wie sie ihn hier vor mir ausbreitet.

Ganz unvermittelt sagte er:

»Da fällt mir ein: Wie alt sind Sie eigentlich?«

»Wobei fällt Ihnen das ein?«, fragte sie, erstaunt über diesen Einwurf, der nicht auf das einging, was sie gerade erzählte.

Er versuchte zu erklären:

»Wenn ich Sie ansehe, sind Sie siebzehn. Wenn ich Ihnen zuhöre, dreißig – dreißig gut genutzte Jahre. Ich begreife nicht …«

Sie unterbrach ihn:

»Muss man eine Frau begreifen? Man greift nach ihr, das ist der kürzeste Weg.«

Er schrak zusammen und war für einen Augenblick fassungslos. Dann griff er die Tonlage auf, die die Unterhaltung durch diese lebhafte Bemerkung Ariane Nikolajewnas genommen hatte, und sprach davon, wie unsicher er von Anbeginn ihrer Bekanntschaft hinsichtlich ihres Alters gewesen sei und dass sie ihm abwechselnd wie eine Göre und wie eine Frau vorgekommen sei, der man nichts vormachen kann.

Sie behielt einen ironischen Zug um den Mund, und als er fertig war, warf sie im Ton eines Musikfreundes, der einem virtuosen Stück Beifall spendet, ein:

»Nicht schlecht.«

»Und?«, sagte er, »je nach Tageszeit wette ich mal auf siebzehn und mal auf fünfundzwanzig.«

»Wie immer«, erwiderte sie, »liegt die Wahrheit dazwischen.«

Das Gespräch nahm eine andere Richtung.

Kurz darauf, als das Abendessen zu Ende ging und sie durch die Trennwand die Refrains von Zigeunerliedern hörten, die ein Ensemble nebenan spielte, beugte Konstantin Michail sich zu dem jungen Mädchen hinüber, legte den Arm um ihre geschmeidige Taille und zog sie an sich. Sie wehrte sich nicht, doch als sich seine Lippen ihrem Mund näherten, drehte sie das Gesicht weg, und seine Lippen legten sich auf Ariane Nikolajewnas kühlen Hals, hinter dem Ohr, nah am Haaransatz.

Sie blieb reglos in seinen Armen, und so löste er nach einer Weile die Umarmung und sagte:

»Welches Parfum benutzen Sie? Es ist köstlich.«

Ariane tat erstaunt und sagte nur:

»Auch das ist mein Geheimnis.«

Es folgte ein Schweigen.

Mutwillig brach Konstantin dieses Schweigen. Er hatte sich entschieden; und in einem Ton, der ganz im Gegensatz stand zur bisherigen Unterhaltung, sagte er zu dem jungen Mädchen, er sei ein großer Anhänger von Freimütigkeit, er sei immer gut damit gefahren, die Dinge einfach und klar beim Namen zu nennen, und auch diesmal wolle er den Versuch wagen, so riskant er auch sein mochte. Zumindest sei er sich sicher, dass bei den Geistesgaben, die er an ihr sehe, sie es nicht falsch verstehen, ihm vielleicht sogar dankbar sein werde.

»Es ist einfach so, dass ich Sie erobern möchte. Ich gestehe es unumwunden. Wie kann das gelingen? Wie könnte ich bei Ihnen, Ariane Nikolajewna, die Mittel einsetzen, die die Männer gewöhnlich einsetzen, um eine Frau zu verführen? Wie könnte ich Ihnen einreden, Sie seien die erste Frau, vor der ich auf die Knie falle? Sie würden mir ins Gesicht lachen. Nennen wir die Dinge beim Namen. Sie gefallen mir unendlich gut. Vielleicht bin ich Ihnen sympathisch, sonst wären Sie nicht hier. In Ihrer Nähe kann ich mir keine Langeweile vorstellen, und die ist doch letztlich unser einziger, allerdings tödlicher Feind. Ich wünsche Sie also öfter, näher und täglich zu sehen …«

Er hielt inne. Ariane schwieg. Etwas beklommen sagte er:

»So kommen Sie mir doch zu Hilfe, Ariane Nikolajewna. Monologe zu halten ist nicht meine Art.«

»Ich warte auf das Ende, das ein so schöner Anfang zu nehmen verspricht«, antwortete sie.

»Gut«, versetzte er, »ich mache weiter. Haben Sie Heinrich Heines *Reisebilder* gelesen?«

Sie schüttelte den Kopf. Sie wirkte geistesabwesend.

»In den *Reisebildern*«, fuhr Konstantin fort, »erzählt Heine, wie er eines Tages in ein Städtchen kommt, wo er die Nacht verbringen muss. Er sieht ein schönes Mädchen, das am Fenster die Blumen gießt. Er sagt: ›Morgen reis ich fort und komme wohl nie wieder‹, aber das Heute gehöre ihr und ihm … Sie ist ein hübsches Mädchen und reicht ihm eine Blume … Ich werde nur noch kurz in Moskau sein, aber für diese kurze Zeit möchte ich Ihnen vorschlagen, dass wir zusammenleben … Ich bin nicht frei, Ariane Nikolajewna … Eines Tages werde ich abreisen und nicht wiederkommen. Das Leben ist eine triste Angelegenheit. Man braucht Erfindungsgeist, Willenskraft und Erfahrung, um ein paar Stunden – nun, nicht gerade Glück, aber doch zumindest Freude daraus zu gewinnen. Wollen wir zusammen einen befristeten Bund auf der Suche nach gemeinsamen Freuden eingehen? … Ich fühle, dass ich zu Ihnen so sprechen darf und Sie vielleicht das Ungewöhnliche und Gewagte eines Vorschlags gutheißen können, den ich in dieser Form keiner anderen Frau zu machen wagen würde. Sie aber sind keine Heuchlerin und sehen den Dingen ins Gesicht, davon konnte ich mich überzeugen … Was setzen wir aufs Spiel? Gar nichts, verstehen Sie mich recht … Ach! Verzeihung, eine große Gefahr hätte ich fast vergessen … Vielleicht würden Sie mich zu lieben beginnen, vielleicht würde ich mich in Sie verlieben. Eine Liebe, die in unserer Übereinkunft nicht vorgesehen ist, könnte sich vielleicht dazwischenschleichen. Sollen wir vor dieser denkbaren Gefahr ausweichen? Sie haben Mut, und mir fehlt es auch nicht daran. Auf in den Kampf …«

Er nahm das Mädchen in den Arm. Sie wehrte sich nicht, und über sie gebeugt sagte er:

»Verzeihen Sie, Ariane Nikolajewna, aber ich bin an einem Punkt, wo mir die Lüge verhasst ist. Was auch auf uns zukommen mag, wir werden einander nicht betrogen haben.«

Sie setzte zu einer Antwort an. Er verschloss ihr den Mund mit einem Kuss und setzte hinzu:

»Sagen Sie jetzt nichts … ich bitte Sie.«

Sie löste sich, streckte sich, nahm eine Purpurnelke von ihrer Bluse, hielt sie ihm an die Lippen und warf sie dann achtlos in die Zimmerecke.

»Ich habe unlängst«, sagte sie, »von Leuten gehört, die das gleiche Ziel hatten wie Sie. Sie stellten es ganz anders an … Man lernt nie aus. Aber es ist spät geworden, und die heutige Lektion hat sich schon ziemlich in die Länge gezogen. Ich gehe jetzt nach Hause … Da fällt mir ein: Habe ich Ihnen schon erzählt, dass der Onkel, bei dem ich lebe, in mich verliebt ist? Ich werde mich einschließen müssen, und, so merkwürdig es klingt, in einem Zimmer mit abgeschlossener Tür ersticke ich.«

Sie fuhren im Wagen ab. Als er sich von Ariane Nikolajewna verabschiedete, sagte er zu ihr:

»Bis morgen. Wollen Sie mit mir zu Abend essen?«

»Nein, ich esse um sieben Uhr zu Hause.«

»Gut, dann warte ich auf Sie vor Ihrer Tür gegen halb neun, und Sie tun mir den Gefallen, zum Tee zu mir zu kommen.«

»Ach! Ganz gewiss nicht, das schwöre ich Ihnen!«

III
Ein Abend wie mancher andere

Am nächsten Tag erschien Ariane abends um halb neun in ihrer Tür, wo Konstantin Michail sie schon erwartete. Sie trug einen hinreißenden Hut mit breiter Seitenkrempe, die von einem Band unter dem Kinn hochgehalten wurde. Aus dem langen schwarzen Mantelumhang ragte ihr bloßer Hals hervor.

Sie gingen die Twerskajastraße hinunter. Ausgemacht war, dass man »spazieren gehen« werde. Doch als sie vor dem Hotel National standen, schlug Konstantin vor, hineinzugehen.

»Warum nicht?«, meinte sie.

Und unter dem schweren Mantel hob sich eine zarte Schulter und versetzte das dichte Tuch in eine leichte Bewegung.

In dem kleinen Salon zog Ariane ihren Mantel aus, dann ging sie weiter ins Schlafzimmer, nahm den Hut ab und richtete vor dem Spiegel ihr Haar. Ohne jedes Zeichen von Befangenheit sah sie sich um. Auf dem Bett lag Konstantins Schlafanzug schon für die Nacht bereit.

Im Salon tranken sie Tee. Konstantin nahm das Mädchen auf den Schoß, und ihre Münder begegneten sich. Er machte Anstalten, sie auszuziehen. Hier widersetzte Ariane sich hartnäckig, und ihre scharfen Fingernägel kamen zum Einsatz. Jedes Kleidungsstück musste einzeln, halb freiwillig, halb gewaltsam, mal mit Betteln, mal mit List und Tücke erobert werden. Die leichte Bluse fiel, die jungen festen und runden Brüste auf einem mageren Leib kamen zum Vorschein. Den Rock auszuziehen, dauerte unendlich lang. Schließlich hatte Konstantin es geschafft. Er hielt das fast nackte Mädchen im Arm.

Er war in höchstem Maße gereizt. Es gehört zu unserer Kultur, dass die Frauen unter solchen Umständen dem Angriff des Mannes nur zum Schein Widerstand entgegensetzen, gerade so viel, dass es an eine altertümliche Eroberung erinnert. Es ist ein reizvolles Theaterstück, dessen Auftritte seit langem bekannt sind. Doch entgegen den stillschweigend mit Ariane getroffenen Verabredungen war er genötigt, zu kämpfen und Gewalt anzuwenden. Warum nur verteidigte sie sich so hartnäckig, wo sie doch entschlossen war, sich ihm hinzugeben? Warum kämpfte sie seit einer Stunde so erbarmungslos? Während einer kurzen Waffenruhe konnte er nicht anders, als ihr in aller Direktheit zu sagen:

»Also was soll das, Sie wissen doch, wofür wir hier sind. Sie sind im Bilde. Es ist doch wohl nicht das erste Mal …«

Ariane sah ihn an wie eine Göttin und sagte mit einer Stimme, die Konstantin auf das Absurde seiner Frage hinweisen sollte:

»Sie glauben doch nicht, dass ich auf Sie gewartet habe?«

Ihre Schulter hob sich aus dem Hemd, das am Arm entlang hinabglitt und ihren Oberkörper halb freigab. Doch als Konstantin das Mädchen ins Schlafzimmer hinübertragen wollte, hielt sie sich am Sofa fest und sagte mit klarer Stimme:

»Ich stelle meine Bedingungen.«

»Ich nehme sie im Voraus an«, erwiderte Konstantin aufgebracht.

»Es darf kein Licht an sein, und ich stelle mich tot.«

Konstantin Michail dachte nur: An was für eine Hexe bin ich da geraten! Ich habe mich auf ein Abenteuer eingelassen mit einem dieser verkorksten Mädchen von heute, für die das Lieben nicht anders ist als das Abendessen, ohne Sinne, ohne Lust. An keinem von beiden ist ihnen gelegen. Hoffentlich habe ich es nicht zu sehr zu bereuen.

Er hatte den kühlen Leib des Mädchens noch im Arm und antwortete:

»Das sind abwegige Bedingungen … Aber jetzt ist nicht der Augenblick, das zu klären …«

Im Dunkel des Schlafzimmers, in der Wärme der Bettlaken, wo Ariane ›sich tot stellte‹, bemerkte er ein deutliches, wenn auch unfreiwilliges Zeichen, dass zumindest die erste der beiden Annahmen, die ihm in den Sinn gekommen waren, haltlos war. Der Kampf aber ging im Dunkeln weiter, der Kampf gegen die Leiche.

In seinem Ärger sagte er lebhaft:

»Einmal ist es Zeit, mit dem Kämpfen aufzuhören; einer muss sich ergeben.«

»Aber ich wehre mich doch gar nicht«, hörte er dicht an seinem Ohr eine Stimme sagen, eine kleine, demütige, kindliche Stimme mit einem Hauch Erschrecken darin, ein Klang, der ihm naheging.

Und in diesem Augenblick trug er den Sieg über sie davon.

Eine Stunde später saß sie vor dem Toilettentisch und frisierte ihr langes, dichtes Haar. Es fiel ihr bis ins Kreuz, und die sanften Locken verdeckten ihren zarten Leib.

Sie sprach ruhig und frei, erzählte von früher. Kein Wort, kein Blick verriet etwas über das Neue, das sich in ihrer Beziehung vollzogen hatte. Während Konstantin ihr zuhörte, entdeckte er einen winzigen

Schnitt in einem Finger seiner rechten Hand: Das kleine Untier hat mich gekratzt, oder war es vielleicht eine Nadel?

Als es Mitternacht schlug, stand sie auf. Erfolglos versuchte er, sie zum Essen auszuführen.

»Mein Geliebter wartet zu Hause auf mich«, sagte sie, »gestern Abend hat er mir eine Szene gemacht. Er schien geahnt zu haben, wo ich herkam. Meine Tante hat ihn gehört, das gab wieder eine Szene. So etwas will ich vermeiden, ich habe zu Hause gern meine Ruhe.«

Er begleitete sie zu Fuß. Sie redete voller Ideen über den gymnasialen Lehrplan und die Mädchenerziehung. Als Konstantin sich vor ihrer Haustür von ihr verabschiedete, wirkte sie erstaunt, dass er sie bat, ihn am nächsten Tag zur selben Zeit zu treffen. Ohne Widerspruch willigte sie ein.

Wieder zu Hause, als er vor dem Schlafengehen das Bett in Ordnung bringen wollte, sah er auf dem Laken ein paar Blutstropfen. »Sie muss mich stärker gekratzt haben, als ich dachte. Eigenartiges kleines Biest! Was hatte ich wohl für Vorgänger? Da besteht Nachholbedarf an der Erziehung. Aber lohnt sich die Mühe?«

Er war müde, und ohne weiter nachzudenken, schlief er ein.

IV

Surgit amari aliquid

Ihr Alltag spielte sich ein. Tagsüber sah Konstantin Ariane nie, denn ihre Tage verbrachte sie an der Universität. Er ging seinem Beruf nach, und da hatte er wichtige Aufgaben. Einmal aß er mit seiner offiziellen Geliebten zu Mittag, der Baronin Korting, der schönsten Frau von ganz Moskau, die es sich nicht verkneifen konnte, ihrer Verwunderung über seinen geringen Eifer Ausdruck zu verleihen. Er tat sein Bestes, um Entschuldigungen zu finden.

Doch jeden Abend um halb neun traf er sich in der Sadowajastraße mit seiner Studentin im Mantelumhang, jeden Abend gingen sie zu Fuß bis zum Hotel National hinunter, jeden Abend legten sie sich in einem geheizten Zimmer im Dämmerlicht ins Bett, und wenn es Mitternacht schlug, kleideten sie sich an, um den Rückweg anzutreten, auf dem sie sich höchst angeregt unterhielten.

Zu allem hatte sie eine klare Meinung, die sie mit einer Bestimmtheit kundtat, die keinen Widerspruch duldete; sie entwarf Denkgebäude von reinstem Materialismus und ließ keinen Raum für irgendein Gefühl; Mitleid und Liebe tat sie gnadenlos spöttisch ab. Manchmal machte er sich einen Spaß daraus, mit einem Wort ein Luftschloss niederzureißen, das sie gerade errichtet hatte. Doch meistens hinderte er sie nicht, ihrer Fantasie freien Lauf zu lassen. So wandelte sie wie trunken durch die Welt der Gedanken. Und er konnte nur immer die Unverdorbenheit, die sprühende und klare Kraft ihres Denkens bewundern. Konstantin Michail hatte die Welt kennengelernt, London, New York, Rom, Paris. Mit etwas mehr Umgangsformen, dachte er, mit dieser Gewandtheit im Ausdruck, die man eben nur im Westen lernt, mit Ton und Vokabular der guten Gesellschaft dort – gibt es eine einzige wichtige Stadt auf Erden, in der dieses russische Mädchen nicht, nach kürzester Einweisung, die wohl nötig ist, blendend ankäme? Die anspruchsvollsten Geister hätten ihre Freude an ihr.

Eine anregendere Gesellschaft konnte er sich nicht vorstellen. Sie brachte ihn zum Denken und entfachte in ihm stets aufs Neue ein Fieber der Gedanken und Gefühle.

Er spürte an ihr den unerschöpflichen Reichtum der russischen Seele, zu der die verschwenderische Großzügigkeit mit ihren Gaben gehörte. Das Einzige, was dem Mädchen fehlt, ist ein Plan, ganz nach oben zu gelangen, oder schlicht ein überlegener Mann an ihrer Seite, dachte er, doch ich muss zugeben, die Männer hier sind dieser Aufgabe nicht gewachsen.

Tag für Tag erwartete Konstantin Michail ungeduldig die Stunde, die ihm Ariane wiederbrachte. Er zog Vergleiche zur Baronin Korting, die ihr an Schönheit überlegen, die gütig, sanft und leicht zu haben war, die aber zu lange im Westen gelebt und zu sehr von der in den Salons von Frankreich und England herrschenden Künstlichkeit geprägt war. Nichts ließ sich ihr vorwerfen, außer dem größten Vorwurf auf Erden: Er langweilte sich in ihrer Nähe.

Bei Ariane kannte er keine Langeweile. Man kam gar nicht auf solche Gedanken, so anregend, witzig, fröhlich, ernsthaft, aufmüpfig, wunderlich, schwierig, verletzlich war sie und in ihrer Selbstverliebtheit eingeschlossen wie in einer uneinnehmbaren Festung.

Wenn er mit ihr zu Mittag essen durfte, konnte er von Glück sagen. Ein – noch selteneres – Abendessen wurde ihm ein Fest. Die langen Fußwege zwischen der Sadowajastraße und dem Hotel National waren ihnen zu kurz. Sie blieben noch auf der Straße, um im Dunkeln weiterzureden, und noch auf der Türschwelle setzten sie das Gespräch fort.

Doch in der Suite im Hotel National wurde Ariane eine ganz andere. Er sah sich einer Frau gegenüber, die ihm fremd blieb. Seit dem Tag, an dem er sie erobert hatte, dachte er, es würde sich die natürliche Beziehung zwischen Liebhaber und Geliebter einspielen. Er musste erkennen, dass das ein Irrtum war. Er glaubte, sie errungen zu haben, doch die Eroberung wurde jedes Mal neu in Frage gestellt. Er merkte, dass er keinerlei Fortschritte gemacht hatte. Seine Geliebte war sie nur in Form eines Hirngespinstes. In Wahrheit war sie nicht zu greifen, sie entglitt ihm. Er küsste sie, sie ließ sich küssen und genoss es, aber nie kam sie in einer Aufwallung von Zärtlichkeit auf ihn zu.

Er sprach das einmal an. Die Antwort ließ ihm das Blut in den Adern gefrieren:

»Denken Sie sich nichts dabei«, sagte sie, »so bin ich immer …«

Miserable Lehrmeister, dachte Konstantin Michail, was für Dummköpfe mag sie vor mir gekannt haben?

Weiterhin ›stellte sie sich tot‹ im Bett. Doch gelegentlich spürte Konstantin den ungewollten Druck eines Arms, mit dem sie ihn zu sich heranzog. Nur einmal passierte es ihr, dass sie sich darüber beklagte, aufstehen zu müssen, und zugab, dass sie sich vor Müdigkeit ganz zerschlagen fühlte. Es dauerte eine Woche, bis sie zuließ, dass die Schlafzimmertür zum Salon hin offen und das Licht an blieb. Dabei tat sie keineswegs so, als hätte sie Bedenken der Scham. Sie stieg aus dem Bett, ging ins Badezimmer, kam nackt zurück, um sich vor dem Spiegel zu frisieren, all das mit der ruhigen Selbstsicherheit eines gutgebauten jungen Mädchens, das nichts zu verbergen hat.

Jedes Treffen war also ein Kampf zwischen männlicher Hitzigkeit und weiblicher Kühle. Das Lästige daran war, dass Konstantin merkte, wie diese Kühle beabsichtigt, mit Willenskraft inszeniert war. Er übte keinerlei Zwang aus, stets kam sie aus freien Stücken zu ihm ins Bett. Doch sobald sie sich zwischen die Laken legte, schien sie zu ersterben. In der Senkrechten konnte sie kaum den Mund halten, nun lag sie mit offenen Augen stumm da. Das Einzige, was er in der ersten Woche ihrer Beziehung aus ihr herausbekam, als er ihr Worte von Ewigkeitswert ins Ohr flüsterte, wie Liebhaber sie der eroberten Frau sagen, war ein gehauchtes *Nitschewo.*

Draußen plauderten sie unbefangen wie zwei Freunde. Im Bett war sie wieder die Feindin, die man immerzu besiegen muss und die sich nie geschlagen gibt.

Dieser Kampf spornte Konstantin Michail an, und er schwor sich, als Sieger daraus hervorzugehen. In der Tiefe aber war er verletzt davon, dass Ariane diese Haltung nicht aufgab.

Das war aber erst der Anfang.

Am vierten oder fünften Abend, als sie sich ankleidete und er auf dem Fußende des Bettes sitzend eine Zigarette rauchte, stellte er achtlos zwei dieser trivialen Fragen, die Männer ihren Geliebten *danach* stellen.

Sie gab keine Antwort. Er wiederholte den Satz.

Ohne zu ihm aufzublicken, ohne mit dem Knöpfen ihrer Strümpfe innezuhalten, antwortete sie lässig, als spüre sie nicht, wie vergiftet ihre Antwort war:

»Ich warte noch auf die Frage, die alle Männer, die mich hatten, als dritte stellten nach den beiden von eben …«

Konstantin Michail wurde blass. Es gelang ihm, sich zu beherrschen und nichts weiter zu sagen. Er drückte die Zigarette aus, ging ins Bad und blieb dort länger als sonst. Als er herauskam, hatte es schon Mitternacht geschlagen.

»Gehen wir«, sagte er.

Sie näherte sich ihm, lehnte sich gegen seine Schulter und fragte:

»Was haben Sie heute? Sie wirken traurig. Liegt es an mir?«

»Nichts, mein Kind, nichts; du bist köstlich, wie immer.«

Er duzte sie nämlich inzwischen, während sie beim Sie blieb.

Auf dem Weg diskutierten sie über eine philosophische Frage, wobei jeder von beiden seinen Standpunkt vehement, fast erbittert vertrat. Schließlich musste Konstantin Michail lachen:

»Wo zum Teufel suchen wir uns unsere Streitgegenstände?«, fragte er.

Und er küsste Ariane, die sich immer noch wehrte.

Am nächsten Abend begann der Kampf von Neuem, aber verhaltener: Jeder der Gegner bemühte sich, nicht schutzlos dazustehen.

Konstantin wollte wissen, warum Ariane Nikolajewna, die die freie Wahl und mehr als einmal davon Gebrauch gemacht hatte, ihn, Konstantin Michail genommen und sich ihm bei ihrem dritten Treffen hingegeben habe. Er bilde sich nicht ein, unwiderstehlich zu sein. Ariane liebe ihn nicht. Aber, ganz gleich, welche Freiheit eine junge Frau sich herausnehme, es sei nicht angängig, dass sie so weit gehe, sich einen Liebhaber zu nehmen, wie ein Mann eine Geliebte nimmt, oft nur für eine Stunde. Warum sie denn überhaupt hier bei ihm sei? Auf verschlungenen Wegen versuchte er Klarheit über diesen Punkt zu bekommen.

Er erinnerte also an den berühmten Abend mit *Boris Godunow* und kam auf den ersten Eindruck zu sprechen, den er von ihr gehabt hatte, sein langes Schwanken zwischen »junge Frau« und »Göre«.

»Und du«, sagte er, »was hast du von mir gedacht, wo doch der erste Eindruck über alles Weitere entscheidet?«

»Ich habe mir gesagt«, erwiderte sie, »›er passt in mein Beuteschema‹, denn ich gestehe, dass nach meinen Erfahrungen nur blonde Männer temperamentvoll sind. Die dunklen sehen gut aus, aber das ist nur ein Strohfeuer. Man nimmt sie, aber man hält nichts in den Fingern ... Es ist ein Gebot der Klugheit, nach ein paar misslungenen Versuchen auf das zurückzukommen, was man als gut erkannt hat ...«

So plapperte sie angenehm, als spräche sie übers Wetter an diesem Maitag.

Konstantin Michail glaubte einen bitteren Trank einzunehmen. Auf solch eine Herausforderung konnte man eigentlich nur mit einer Tracht Prügel antworten. Aber es galt, die Schlacht und zunächst einmal Zeit zu gewinnen. Er nahm eine Zigarette, steckte sie sich an, setzte ein gütiges, entspanntes Lächeln auf und brummte zärtlich:

»Ariane, Ariane, das sind Dinge, die man denkt, aber nicht ausspricht. Du bist doch eine kleine Kosakin.«

»Ach«, sagte sie, »mir graut davor, zu lügen; es ist

zu kompliziert; also ich sage es so, wie es mir in den Sinn kommt. Sie müssten es gemerkt haben … Ich bin ungeschickt und unbedarft, nicht wahr? Mein Verhalten hat es Ihnen gezeigt. Sind Sie mir deshalb böse?«

Er hatte nicht die Kraft, sie in den Arm zu nehmen und auf den Mund zu küssen, wie es jetzt taktisch klug gewesen wäre. Er hatte noch einen bitteren Nachgeschmack im Mund, der nicht so rasch weggehen wollte. So begnügte er sich mit ein paar heißen und trivialen Formeln des Widerspruchs:

»Letztlich gefällst du mir, weil du so bist, wie du bist. Das schließt ein paar Nachteile ein. Aber die Vorteile überwiegen. Es scheint so, dass du in großer Direktheit Dinge beim Namen nennst, wo eine Frau des Westens eher sterben würde, als ein Geständnis abzulegen. Sollte man diese etwas ruppige Freimütigkeit nach dem ersten Augenblick des Erstaunens wertschätzen lernen? Vielleicht werde ich sie am Ende sogar bezaubernd finden.«

Doch als er am selben Abend gegen ein Uhr früh von der Sadowajastraße nach Hause ging, hatte Konstantin geballte Fäuste und schnaubte vor Wut. Er fühlte sich angegriffen und verhöhnt von dieser Göre, die ihn mit ihrer Unschuldsmiene an einem empfindlichen Punkt verletzt hatte und die Wunde Tag für Tag offen hielt und nach allen Regeln der Kunst Gift hineinträufelte. Denn ganz gleich, wie viel Ehrlichkeit man einander zugesteht, muss sich die Liebe, auch die körperliche, letztlich doch in gewisse Illusionen hüllen. Wenn man sie so brutal bloßstellt, verscheucht man die Liebe. Die Vorstellung, man begegne in den Armen einer Frau den mehr oder weniger verblassten Schatten seiner Vorgänger, muss man weit von sich weisen. Daran denkt man nicht, wenn man geistig gesund ist, es sei denn, man ist hoffnungslos verliebt.

Nun hielt sich Konstantin Michail für geistig gesund und keineswegs verliebt. Gewiss hing er an Ariane, auf mehrfache Weise; sie schmeckte wie eine köstliche junge, aber doch schon reife Frucht, deren Säure an manchen Stellen die Zähne ein wenig erschreckt. Aber von Liebe keine Rede. Deshalb fiel es ihm leicht, Arianes Vergangenheit außer Acht zu lassen.

Und da kam nun immer wieder der böse Mädchengeist und rieb sie ihm unter die Nase und zwang ihn, ihr ins Auge zu sehen. Anfangs hatte er geglaubt, sie tue das aus Ungeschicklichkeit, aus Mangel an Taktgefühl, an dem eigenartigerweise oft gerade die klügsten Frauen leiden. Vielleicht lag der Fehler in der Erziehung; Tante Warwara, die offenherzig mit Ariane sprach, mochte daran schuld sein, und dann dieses russische Provinzleben. Es würde ausreichen, Ariane Nikolajewna darauf hinzuweisen.

Doch Konstantin erkannte rasch, dass er sich irrte. Nein, sie sprach nicht zufällig so. Er ahnte, dass sie einen durchdachten Plan hatte, eine ausgefeilte Strategie, die sie noch länger begleiten werde. Er hatte die deutliche Eingebung, dass Ariane wusste, wo sie ihn verletzen konnte, und dass sie ihn fest in ihren Fängen hatte.

Aber so konnte es doch nicht weitergehen, sie würde ihn ja völlig vergiften.

An diesem Punkt seiner Überlegungen machte Konstantin Michail eine Kehrtwendung. Worüber rege ich mich eigentlich auf?, sagte er sich, ich halte jeden Abend ein köstlich frisches Mädchen im Arm und habe den anregendsten Gesprächspartner, dem ich je begegnet bin. In vier oder sechs Wochen bin ich nicht mehr in Russland, wir sehen uns nie wieder. Lassen wir den Dingen doch ihren Lauf.

Doch das waren nur leere Worthülsen, denn in seinem Innersten wurde er den bitteren Geschmack nicht los, den Ariane Nikolajewna ihm mit ihrem selbstgebrauten Gift eingeträufelt hatte. Weil es ihm Spaß machte, sich um Klarheit zu bemühen, sagte er sich: Warum lege ich so viel Wert auf die Vergangenheit dieses Mädchens? Vielleicht habe ich mich mehr an sie gebunden, als ich wahrhaben will. Ach! Das wäre eine schöne Dummheit! Sich in ein Mädchen zu verlieben, das zwar jung ist, aber eine belastende Vergangenheit hat und mir ohne den geringsten Widerstand zugeflogen ist, verdammt noch mal, sie wäre dem Nachbarn zugeflogen, wenn ich nicht zufällig da gewesen wäre! Sie sprüht von Jugend und Geist, aber sie hat einen Fehler, der sie mir auf die Dauer unerträglich machen würde: Sie ist boshaft. Sie weiß schon genau, wie sie mich quälen kann. Ja und? Sie wird diese abscheuliche Kunst nur ausüben, solange ich es zulasse. Ich bin frei. Sobald ich sie leid bin, gehe ich fort. Gegenwärtig hält mich bei ihr nur der Wunsch, die Kälte zu besiegen, die sie mir zeigt. Nur das, sonst nichts.

Und er geriet ins Träumen über die nahe Zukunft. Wo würde er in einem Monat sein? In Konstantinopel oder in New York, jedenfalls weit weg von Ariane Nikolajewna. Er musste ja arbeiten. Und egal, wohin er ging, er würde andere Frauen kennenlernen. Das Leben ist unerschöpflich. Wie albern zu denken, er ließe sich unter dem schwarzen Mantelumhang einer kleinen Studentin an der Universität Moskau einsperren!

Konstantin Michail war zügig ausgeschritten. Gut gelaunt kam er im Hotel National an und nahm, ehe er auf sein Zimmer ging, ein leichtes Abendessen zu sich. Als er sein Schlafzimmer betrat, herrschte dort noch ein leichter, aber durchdringender Geruch, der Geruch, den er ein paar Stunden zuvor am Nacken von Ariane Nikolajewna gerochen hatte. Es war, als steige ein Hauch der Lust aus den halb zurückgeschlagenen Laken, die noch etwas von der Körperwärme der beiden behalten hatten. Er bekam ein unwiderstehliches Bedürfnis, Ariane in seine Arme zu schließen, hart mit ihr zu sprechen und ihr zu sagen, dass er hier der Herr im Haus sei, dass er kein einziges Mal mehr ihre unverfrorenen Sprüche hinnehmen werde, und sie dann zu nehmen, unendlich zu liebkosen und eine Nacht, eine ganze Nacht an ihrer Seite zu verbringen, an sie geschmiegt einzuschlafen und beim Aufwachen ihren jugendlichen Leib an sich geschmiegt zu fühlen. Und vielleicht würde er dann noch diese Stimme hören, diese demütige, kindliche Stimme, die nur einmal an sein Ohr gedrungen war, die er nicht vergessen konnte, die er in Arianes Mund wiederzufinden hoffte und auf die er, ohne es sich einzugestehen, tagtäglich wartete wie auf ein angekündigtes Wunder, die Stimme, die am ersten Abend gesagt hatte: »Aber ich wehre mich doch gar nicht.«

Konstantin Michail blieb auf dem Bett sitzen. Plötzlich sprang er auf:

»Ach! Ich werde verrückt! Ich werde dir zeigen, du kleine Ariane von Nirgendwo, dass ich ein freier Mann bin.«

Er stürzte zum Telefon und verlangte die Nummer der Baronin Korting. Trotz der späten Stunde hatte sie sich noch nicht schlafen gelegt. Konstantin Michail teilte dieser bezaubernden Frau mit, dass er nun endlich etwas Zeit für sie habe, und bat sie um die Gunst, am nächsten Tag mit ihr zu Abend zu essen. Die Baronin Korting verbarg nicht, wie erfreut sie darüber war, diese Einladung anzunehmen.

Am nächsten Abend rief er gegen acht bei Ariane an und sagte ihr, er habe ein Geschäftsessen, das sich nicht verschieben ließe, und er bedaure zutiefst, dass er sie nicht treffen könne, aber er rechne morgen wieder mit ihr, wie gewohnt.

Sie antwortete einsilbig:

»Gut, dann bis morgen«, und hängte den Hörer ein.

V
Die Baronin Korting

Eine Stunde später saß er beim Abendessen mit der Baronin Korting, die er schon seit ein paar Jahren kannte. Sie war eine Frau, mit der sich in der Öffentlichkeit zu zeigen jedem Mann gut anstand, denn sie war hübsch, eine jener unbestreitbaren Schönheiten, nach der sich noch der letzte Küchenjunge auf der Straße umdreht. Und sie war eine gütige Frau. Konstantin hatte von ihr nie eine Boshaftigkeit gegen irgendjemanden gehört. In Liebesdingen, worauf sich noch die einfachste Frau besser versteht und klarer sieht als jeder Mann, entbehrte sie nicht des Raffinements. Und nicht zuletzt hatte sie ihn auf einen Sockel gehoben und erklärte jedem, der es hören wollte, Konstantin Michail sei »unvergleichlich«.

So war Konstantin ihr verbunden geblieben. Sie war wohl das einzig Stabile in seinem heimatlosen Dasein. Einmal hatte er einen ganzen Wintermonat mit ihr in Nizza verbracht, ein andermal einen Teil des Frühlings in Paris, und schließlich hatte er sie in Moskau wiedergetroffen, als er beruflich dort zu tun hatte.

Er wollte sie in ein Restaurant ausführen, doch sie lud ihn telefonisch zum Abendessen zu sich nach Hause ein. Mit Wohlgefallen fand er ein geschmackvoll eingerichtetes Haus vor mit einem fein und liebevoll gedeckten Tisch, und sein Blick fiel bewundernd auf die Baronin Korting, die ein Negligé aus einem eleganten Geschäft am Prospekt Mira trug. Sie empfing ihn entzückend, verwöhnte und verhätschelte ihn, umgab ihn mit tausend Aufmerksamkeiten, beweihräucherte ihn, wie sie es ihrem Gott schuldig war. Sie fragte ihn nach dem neuesten Klatsch aus London und Paris, sie erzählte ihm die neuesten Skandale aus Sankt Petersburg und Moskau. Wohin war er geraten? Überallhin und nirgends, und in Russland nicht mehr als überall sonst. Ihr Hausbediensteter war Italiener, und das Äußere der Baronin Korting war ganz westlich geprägt. Warum musste er, als sich ihm diese Frage stellte, ausgerechnet an das blasse kleine Mädchen in der Sadowajastraße denken? Die war, trotz ihrer europäischen Erziehung, ein Kind seiner Heimat. Er versuchte, nicht weiter daran zu denken.

Die Baronin Korting, die von ihren Vertrauten Olga genannt wurde, holte ihn aus seinen Gedanken, indem sie ihn fragte, was er abends so mache. Er zeige sich ja nirgends. Er gab vor, er habe Besprechungen mit Geschäftsleuten, die tagsüber keine Zeit hätten. Mit weiblicher Schlüssigkeit sagte Olga:

»Na gut, dann richten Sie es doch ein, zum Tee zu mir zu kommen. Sie wissen, dass ich immer Zeit habe, wenn es Ihnen passt.«

Er blieb recht lange bei dieser liebenswürdigen Frau, und der Himmel wurde im Osten schon hell, als er in den leeren Straßen auf dem Heimweg zu seinem Hotel war. Er war entspannt und mit sich im Reinen. Das zeugt jedenfalls von Klugheit und Vorsicht, sagte er sich, *otium cum dignitate*, wie der Lateiner sagt, denn letztlich bin ich der Laune dieses flatterhaften Mädchens ausgeliefert. Ich habe alles und suche noch etwas anderes. Wie abwegig. Ich sollte die Sache an der Sadowajastraße beenden. Ich muss eine Reise nach Kiew machen, und das kommt mir höchst gelegen, dieses Abenteuer abzubrechen, denn im Grunde ist es ja nur ein Abenteuer. Und ich werde den Reiseplan vorantreiben.

Und doch ertappte sich Konstantin Michail gegen sieben Uhr abends dabei, dass er ziemlich beunruhigt war angesichts der Vorstellung, Ariane könnte vielleicht anrufen und absagen. Er war sich sicher, dass sie es ausschließlich als Druckmittel täte und um sich dafür zu rächen, dass er sie am Vortag vernachlässigt hatte. Aber er war umsonst beunruhigt. Ariane rief nicht an, und um halb neun erschien sie mit der gewohnten Pünktlichkeit in der Tür des Hauses an der Sadowajastraße.

Die Schlankheit, das Feine, das Zerbrechliche ihrer ganzen Gestalt rührte ihn. Nur in ihrer Stirn und in ihren Augen war Kraft zu erkennen. Und auf einmal empfand er Mitleid, ein bei ihm seltenes Gefühl. Er spürte, dass sie ein trotz allem sehr junges Mädchen war, mutterseelenallein in die gefährlichen Strudel des Lebens geraten. Sie wäre dort aufgerieben worden, wie so viele andere, die nicht schlechter waren als sie und sich mutig und trotzig erhobenen Hauptes durch den Sturm vorwärtskämpften. Und an einer Wegbiegung war sie gegen einen schroffen Felsen gestoßen, an ihn, Konstantin Michail. Er hatte eine kurze Zukunftsvision. Diese Geschichte wird schlecht für dich enden, mein Kind, dachte er, was du auch gegen mich haben magst, du wirst mich liebgewinnen, und eines schönen Tages reise ich ab nach New York oder Shanghai und lasse dich allein mitten auf diesem Menschenozean Russland.

Für einen Augenblick war er unglaublich gerührt. Er verzieh Ariane ihre zwielichtige Vergangenheit. Auch sie hatte, so jung sie auch war, ein Ideal gehabt, und nachdem sie es nicht erreicht hatte, ließ sie die, denen sie begegnete, für ihre Fehler büßen.

Er schob einen Arm unter den Arm des jungen Mädchens, drückte ihn an sich und führte sie zum Hotel. Den ganzen Abend war er nur zärtlich und heiter. Dass ihr Liebhaber so gut gelaunt war, entging Ariane nicht. Sie ließ sich mitreißen von dem unwiderstehlichen Strom an Zärtlichkeit, der sich aus Konstantin Michails Herzen ergoss. Zum ersten Mal vergaß sie ihre Rolle, drückte sich an ihn und schmiegte sich in seine Arme, und als sie wieder aufgestanden war, erzählte sie die verrücktesten Geschichten über ihre Kindheit – eine in Konstantins Augen unverfängliche Zeit.

Das blieb ein kurzes Zwischenspiel. Wenige Tage später begann wieder der tückische und unversöhnliche Kampf. Eines Abends, als Ariane unpässlich war und sie zusammen im kleinen Salon Tee tranken, kam sie auf ihrer beider Beziehung zu sprechen. Sie dankte ihm, dass er schon vor deren Beginn ihre Eigenart so präzis und weitblickend umrissen hatte.

»Ich erkenne an«, sagte sie, »wie klug, wie reflektiert mein Freund ist. Dank Ihnen ist alles zwischen uns klar. Es gibt keinen Raum für irgendwelche Zweifel. Letzten Endes bin ich frei, und Sie sind es auch. Wir haben eine zeitlich beschränkte Gemeinschaft gebildet auf der Suche nach gemeinsamen Freuden. Ich verhehle Ihnen nicht, dass es Ihnen gelungen ist, sie mir zu geben.«

»Das ist nicht wenig«, warf Konstantin ein, »du kennst die Verse von Alfred de Vigny:

› … *Vergnügen liebt sie, doch der Mann ist roh, er nimmt es, doch er kann's nicht geben.*‹«

»Ich kenne diese Verse nicht«, fuhr sie fort, »doch ich glaube, das ist ganz das alte Lied.« Konstantin bereute bitter, dass er das zitiert hatte. »Unsere Gespräche sind nicht das Schlechteste an der Sache. Meistens sind die Männer so einfältig. Man muss ihnen alle Antworten aus der Nase ziehen, und schon sind sie wieder stumm …«

Konstantin begann innerlich Grimassen zu schneiden. Aber wie konnte er Ariane zum Schweigen bringen? Er versuchte, dem Gespräch eine andere Wendung zu geben. Mit gesteigertem Scharfsinn beharrte Ariane:

»Aber da wir frei sind, haben wir doch das Recht zu tun, wozu wir Lust haben. Sie dürfen eine Geliebte haben …« – aha, sie hat also etwas über mich erfahren, dachte Konstantin –, »… und ich darf einen Liebhaber nehmen. Wir würden einander nicht betrügen, denn wir lieben uns nicht und haben uns vorher ja verständigt.«

»Ach! Das nun nicht gerade, nein! Für ein Teilen bin ich nicht zu haben«, rief Konstantin aus, der an diesem Punkt die Möglichkeit sah, seinen Gefühlen

Ausdruck zu verleihen, »nein, hundertmal nein! Solange du mir gehörst, gehörst du keinem anderen. Lass dir das gesagt sein.«

»Und wenn ich trotzdem einen Liebhaber hätte? Sie würden es nicht erfahren.«

»Darin täuschst du dich. Ich erführe es sofort.«

»Und dann? …«

»Dann, mein Kind, wäre zu meinem Bedauern zwischen uns alles aus.«

Wenig später kam sie aus einer anderen Richtung wieder auf die Frage, die sie beschäftigte:

»Obwohl Sie mich gar nicht lieben.«

»Das hat damit nichts zu tun«, fing Konstantin wieder an, »aber solange du mir gehörst, überlasse ich dich niemand anderem.«

»Sie sind schon komisch«, meinte Ariane.

»Ich bin, wie ich bin, und das ist nicht verhandelbar. Zu dieser Frage ist alles gesagt. Lass uns jetzt von etwas anderem reden.«

Offensichtlich gelangweilt, begannen sie ein Gespräch über ein triviales Thema.

Doch als sie aufstand, um nach Hause zu gehen, wurde Konstantin von einem plötzlichen Impuls erfasst. Mit beiden Händen nahm er Ariane an den Schultern, drückte sie gegen die Wand, blickte ihr fest in die Augen und sagte:

»Ich weiß nicht, was für ein Spiel du mit mir spielst, mein Kind. Wenn du einen Kampf führen willst, lass uns kämpfen. Aber ich warne dich: Du wirst nicht gewinnen. Von uns beiden werde ich den Sieg davontragen, da kannst du sicher sein. Soll ich dir sagen, was dir passiert? Ob du willst oder nicht, du wirst mich lieben. Lieben wirst du mich, mit deinem dämonischen Verstand, mit deinem Herzen, das ich nicht verstehe, und mit deinem Leib, den ich kenne.«

Er spürte, wie Arianes linke Schulter zucken wollte. Doch er hielt sie fest, und so war dieses kleine Gefühl das einzige von der versuchten Geste, die nicht zustande kam.

VI
Unvorhergesehene Bewegung

Konstantin traf sich nun drei- oder viermal in der Woche nachmittags mit der Baronin Korting und allabendlich mit Ariane. Es gab keine Anzeichen, ob er mit ihr Fortschritte machte. Bald war schon Mitte Mai. Ariane war immer noch unverändert sie selbst. Mal benahm sie sich fröhlich, kindlich, war voller Geschichtchen und netter Sprüche. Am nächsten Tag wieder kam sie unvergleichlich geschickt in einstudierter Beiläufigkeit auf die verhassten Themen zu sprechen und schien geradezu darin zu schwelgen.

»Du lügst nicht genug«, sagte Konstantin und lachte dazu, »du hast das Geheimnis des Glücks noch nicht verstanden, das in einer liebevoll gehegten und eifersüchtig verteidigten Illusion besteht.«

»Es gibt mehr als eine Art, glücklich zu sein«, erwiderte sie, »wer weiß, ob meine nicht genauso gut ist wie Ihre? Soll ich mich über mein Leben beklagen«, fügte sie hinzu, »schließlich habe ich doch einen gut aussehenden und geistig brillanten Liebhaber.«

»Ariane, ich habe es nicht gern, dass man sich über mich lustig macht.«

»Na ja, wo ich Sie unter so vielen anderen auserwählt habe, ohne weiter zu zögern, muss Ihr Äußeres, mein Herr, allein Ihr Äußeres, unwiderstehlich sein. Denn ehrlich gesagt, der Student, der mit mir im Theater war, ist recht attraktiv. Doch Sie sind besser, sonst wäre ich jetzt nicht hier, sondern läge in seinen Armen … Der arme Kerl! Seit einem Vierteljahr umwirbt er mich unermüdlich und dabei immer respektvoll. Er wähnte sich dem Glück nahe. Am Abend im Bolschoi-Theater sollte es sich entscheiden. Stellen Sie sich das vor! Er hatte ein Automobil bestellt! Das Abendessen sollte im God sein …«

Konstantin Michail war gereizt. Wie um sich selbst zu bestrafen, wie ein Flagellant, der noch mehr Hiebe bekommen will, sagte er:

»Na und, wie wäre es weitergegangen?«

»Wie es in solchen Fällen eben weitergeht, verehrter Freund. Wir hätten zu Abend gegessen und Champagner getrunken, dann wären wir im Automobil zurückgefahren …«

»Und dann?«, sagte Konstantin kühl. »Hat er eine eigene Wohnung? In anständigen Hotels werden mitten in der Nacht keine Gäste aufgenommen.«

»Bleiben noch die weniger anständigen Hotels«,

versetzte das Mädchen, »und vom Petrowski-Park bis ins Stadtzentrum sind es zwanzig Minuten. Der Weg lässt sich ausdehnen. Ein geschlossenes Automobil, holprige Straßen, Trunkenheit vom Abendessen, ein Arm um die Taille gelegt, leidenschaftliche Lippen am Hals … Ich bin schließlich nicht aus Stein, das wissen Sie besser als jeder andere …«

Am nächsten Tag beschloss Konstantin, nach Kiew zu fahren, und teilte es am Nachmittag der Baronin Korting mit. Am Abend informierte er Ariane. Sie fuhr auf:

»Wie, Sie wollen ausgerechnet an meinem Geburtstag abreisen? Das ist nicht nett von Ihnen!«

Zum ersten Mal hatte sie ihm ein Gefühl gezeigt.

Er nahm sie in den Arm.

»Warum hast du mir das nicht gesagt, mein Kind, woher sollte ich das wissen? Jedenfalls essen wir morgen noch zusammen zu Abend. Mein Zug geht erst um elf, und ich bleibe nur eine Woche. Wie alt wirst du eigentlich?«

»Wie gesagt, achtzehn.«

»Wieso achtzehn! Du hast mich immer in dem Glauben gelassen, du wärest mindestens zwanzig.«

Er tat so, als hätte sie ihn in einem wesentlichen Punkt getäuscht.

»Achtzehn!«, wiederholte er, »achtzehn Jahre! Unvorstellbar! Doch nicht achtzehn! Dann warst du ja erst siebzehn, als ich dich kennenlernte! Das hättest du mir ruhig sagen können, du hättest es mir sagen müssen!«

Er war am Gipfel der Verbitterung.

Sie wollte ihn beruhigen:

»Ich weiß nicht, was unser Alter mit unserem Abenteuer zu tun hat. Ich habe Sie nie gefragt, wie alt Sie sind. Als wir uns kennenlernten – was für ein Glückstag«, warf sie voller Ironie ein, »fehlte mir gerade noch ein Monat zum achtzehnten Lebensjahr. Was ist schon ein Monat! … Sie wollen doch nicht wegen eines Monats mit mir streiten.«

Doch Konstantin Michail erholte sich nicht, und die Erschütterung durch das, was er als »eine neue Sachlage« bezeichnete, hatte eine fast unmittelbare, überraschende Auswirkung.

Ariane erzählte Geschichten von ihrer Tante Warwara. Sie beschrieb deren Lebensklugheit und Gelassenheit, das Geschick, mit dem sie es verstanden hatte, nur die Rosen der Liebe zu pflücken.

»Tante Warwara hat mir einmal gesagt«, fuhr sie fort, »sie habe mit keinem ihrer Liebhaber eine ganze Nacht verbracht. Sie sagte, man müsse lernen, rechtzeitig aufzubrechen oder sie wegzuschicken, gemeinsam zu schlafen sei das sicherste Mittel, die Liebe zu töten. Man schläft schlecht und erwacht mit übler Laune. Im Morgenlicht sieht man hässlich aus. Man muss sich dem Liebhaber frisiert und gutgekleidet zeigen, man kleidet und entkleidet sich ihm zu Gefallen. Zusammenleben ist nur für Verheiratete gut. Aber die Ehe ist weder Liebe noch Genuss …«

»Deine Tante«, unterbrach Konstantin sie mit all seiner Weltläufigkeit, »hat nicht viel Ahnung vom Leben. Sie mag frei wirken, aber sie ist zwanghaft, und nach allem, was du von ihr erzählst, kommt sie mir recht mittelmäßig vor. Für Menschen, die sich lieben, mein Kind, geht es nicht um Stunden; sie sind Tag und Nacht zusammen, essen am selben Tisch, schlafen zusammen ein und wachen nebeneinander auf. Findest du es denn angenehm, wenn wir das Bett teilen und einander so nah sind, dass buchstäblich und im übertragenen Sinn nichts zwischen uns ist, wenn die Wärme des gemeinsamen Lagers uns durchdringt und in sich aufnimmt, wenn du mich von Kopf bis Fuß bei dir fühlst und dein Leib sich an meinen schmiegt, wenn wir ein und dasselbe Leben zu leben scheinen und dein Herzschlag sich mit meinem vermischt – findest du es angenehm, dich dann von mir loszureißen, aufzustehen und dich anzuziehen? Spürst du nicht, wie sofort eine Mauer zwischen uns entsteht, die höher wird mit jedem Kleidungsstück, das du wieder anziehst? Du wirst wieder zur Fremden, zur Feindin.«

Konstantin hatte sich in Rage geredet, er war selber erstaunt darüber. Ariane klatschte in die Hände und äffte ihn nach.

»Was für ein guter Redner Sie sind!«

»Die Torheiten deiner Tante machen mich wütend«, versetzte Konstantin Michail, »es geht nicht um dich und mich. Der Teufel soll sie holen! Dass sie dir solche Gedanken einblasen konnte!«

Er ging unruhig im Zimmer auf und ab. Ariane schwieg.

Dann blieb er plötzlich vor ihr stehen.

»Weißt du, was wir machen? Wann ist deine letzte Prüfung?«

Sie nannte ein Datum acht Tage später.

»Sehr gut«, fuhr er fort«, dann bin ich aus Kiew zurück. Du hast dein Studium abgeschlossen. Du brauchst einen Tapetenwechsel. Ich will mich auch ausruhen, ich habe viel gearbeitet. Und Moskau strengt mich schrecklich an. Ich nehme dich mit auf die Krim, wir verbringen zwei Wochen in der Sonne des Südens, auf roten Felsen, an der Küste zwischen Blumen und unter Bäumen. Wir leben wie die Götter, wir denken nicht, wir streiten nicht. Das ist mein Plan, *ne varietur*. Du brauchst nur zu gehorchen.«

Kaum hatte er zu Ende gesprochen, war er selber verdutzt von dem, was er gesagt hatte. Was tat er da eigentlich? War das die Form, das Abenteuer zu beenden, in das er geraten war? Er war wohl dabei, in der reizenden Begegnung mit Ariane den Verstand zu verlieren.

Sie hingegen brachte mit ruhiger Stimme Einwände vor. Am letzten Tag ihrer Prüfungen in Moskau werde sie zu Hause erwartet. Drei oder vier Briefe die Woche kämen, in denen ihre Tante sie anflehte, doch nicht eine Stunde zu verlieren. Die Beziehung zwischen Warwara und dem schönen Doktor scheine in ein Drama auszuarten. Ariane werde dringend gebraucht. Auch ihre Freunde hätten Ansprüche und rechneten mit ihrem Kommen. Und schließlich gebe es noch einen Grund, den sie mit geschickten Andeutungen zugleich im Unklaren ließ, weshalb sie gezwungen sei, zu diesem Termin heimzufahren.

Je länger sie sprach, desto mehr sah Konstantin die Vorzüge seines Plans. Er beendete das Gespräch mit der ruhigen Selbstsicherheit, von der er erkannt hatte, wie gut sie auf das Mädchen wirkte:

»Ich möchte mit dir auf die Krim reisen. Das war von Anfang an mein Wunsch, und so wird es kommen. Du wirst mir nie weismachen können, dass ein gewitztes Kind wie du nicht die zwei Wochen erübrigen kann, die wir brauchen. Das wirst du schon schaffen, und ich will mich hüten, dir Ratschläge zu erteilen. Heute ist der achtzehnte, am vierundzwanzigsten bin ich aus Kiew zurück. An dem Tag hast du deine Prüfung hinter dir, und am neunundzwanzigsten steigen wir in den Zug nach Sewastopol. Zwischen fünfzehntem und zwanzigstem Juni bist du wieder frei.«

Nach dieser Rede unterband er jede weitere Diskussion, und am nächsten Abend stand er mit Ariane am Bahnsteig im Kiewer Bahnhof; sie hatte nichts dagegen gehabt, ihn dorthin zu begleiten. Zum ersten Mal in den sechs Wochen, seit sie sich kannten, hatte sie ein Geschenk von ihm angenommen; und so prangte am Handgelenk des jungen Mädchens eine zum achtzehnten Geburtstag geschenkte Armbanduhr.

»Pack die Koffer für den neunundzwanzigsten«, sagte er.

»Aber das geht nicht, ganz gewiss nicht.«

Die Klingel ertönte. Er nahm Ariane in den Arm. Es kam ihm vor, als hätte sie ihn noch nie so geküsst, als hätte sie sich ihm noch nie so überlassen wie in diesem schnellen Kuss am Bahnsteig.

Im Zug hing er dem Gedanken noch lange nach. Täusche ich mich?, fragte er sich, ist es Einbildung? Nein, nein, es ist die Wahrheit. Dieses beherrschte Mädchen – diesmal hat sie sich verraten.

VII
Auf der Krim

Acht Tage später war Konstantin Michail wieder zurück aus Kiew. Jeden Abend zwischen fünf und sieben hatte er nach getaner Arbeit auf der Terrasse des Kaufmannsparks dem Einbruch der Nacht zugesehen. Die Aussicht dort ist eine der schönsten auf der ganzen Welt. Links unterhalb der Terrasse die dicht bevölkerten Stadtviertel beim Hafen, rechts, von viel Grün gesäumt, die weißen Mauern und die goldenen Kuppeln des Höhlenklosters, der heiligsten Einsiedelei von ganz Russland. Dann der träge Dnjepr mit seinen weitgezogenen Kurven, die Dampfer, die ihn durchpflügen, die Schiffsverbände von Frachtern und Kähnen, Rauchwolken, gellende Pfiffe, in der Ferne die russische Ebene, die sich faltenlos bis zum Horizont hinzieht, und nach Osten zu der große dunkle Fleck des Waldes. Eine schier endlose Landschaft, im Vordergrund belebt, in der Ferne still, eine Landschaft ohne Zierrat, die doch nie langweilig wird und sich permanent wandelt im Wechselspiel des Lichts. Die Luft war mild nach den schon recht warmen Tagen, der Himmel hoch, und die friedliche Dämmerung war gesättigt vom Duft der Blüten. Konstantin Michail betrachtete die hellen Kleider der Frauen, die Uniformen der Offiziere, die wogende Menschenmenge auf der Terrasse, dann wandte er den Blick hinaus auf die Ebene, die sich vor seinen Augen zur Ruhe legte. Vor dieser großartigen Kulisse rückte das Moskauer Abenteuer ins richtige Größenverhältnis. Er wunderte sich, wie er solche Leidenschaft dabei hatte entwickeln können. Er verstand nicht mehr, warum ihn die Frage nach Arianes Vergangenheit so aufgeregt hatte: Gott sei Dank, sagte er sich, hat sie mich nicht belogen. Ihre unglaubliche Offenheit hat mich vielleicht vor Schlimmerem bewahrt. Wäre sie so gerissen wie ihre Schwestern im Westen, sie hätte mir vielleicht vorgespielt, dass wir beide uns gerade bereitwillig auf ein romantisches Theater einlassen, sie hätte versucht, mir einzureden, sie liebe mich und ich sei, trotz nicht abzustreitender Erfahrungen in ihrer Vergangenheit, der erste Mann, dem sie ihr Herz öffnet – wer weiß, ob ich nicht darauf hereingefallen wäre? Doch mit ihr ist es ganz unmöglich, derlei Trugbilder zu nähren, die einen nur auf Abwege führen. Jemand Sachlicherem als ihr bin ich nie begegnet, sie ist klar wie eine anatomische Schautafel. Sie zeigt offen, was die Frauen üblicherweise verstecken. Ich möchte wetten, dass ich nach meiner Rückkehr von der Krim die genaue Anzahl ihrer Liebhaber und deren Familienstand erfahren werde. Ich bin eine Nummer auf einer langen Liste. Das muss mir klar sein. Ich sollte diesem bezaubernden Mädchen dankbar sein, dass sie sich mir so großzügig geschenkt hat, ohne mich lange auf die Folter zu spannen und ganz ohne das übliche Geziere.

In solcher Stimmung schrieb er ihr einen launigen Brief, in dem er ihr in lebhaften Worten gestand, wie sehr er die langen Gespräche vermisse, mit denen sie ihm den Aufenthalt in Moskau versüßt hatte, und dass er sich von den kommenden Wochen auf der Krim viele Glücksmomente verspreche. Eine Nachricht von ihr hatte sich mit der seinen gekreuzt; darin war keine Rede von der geplanten Reise, sie schilderte recht witzig das Leben zwischen einem verliebten Onkel und einer Tante von so trägem Naturell, dass selbst die Eifersucht sie kaum aufrütteln konnte. Ihr Brief war ganz von der leichtfüßigen Haltung geprägt, mit der sie an die Dinge heranging.

Er telegrafierte ihr seine Ankunftszeit und bestätigte den Termin der Abreise am nächsten Tag.

Am Bahnsteig erwartete ihn Ariane Nikolajewna, und in dem Wagen, der sie zum Hotel brachte, schmiegte sie sich zärtlich an ihn. Ihre letzte Prüfung hatte sie am selben Tag glanzvoll absolviert. Gegenüber der Krimreise baute sie keinerlei Hürden auf und erzählte ihm, mit was für einem genialen Trick und der Mitwirkung einer Freundin sie ihren Vater, ihren Onkel, ihre Tante Warwara und all die Freunde täuschen würde, die sie auf dem Land erwarteten. Sie sagte einfach, sie werde erst am zehnten Juni zu Hause sein aus wichtigen Gründen, und es könne keine Diskussion darüber geben. Sie hatte also eine Woche, die sie ihrem Freund schenken konnte.

Am nächsten Tag saßen sie im Zug nach Sewastopol.

Sie waren allein, lagen direkt am Meer auf dem warmen rötlichen Sand einer kleinen Bucht. Rechts und links von ihnen und hinter ihnen, ganz nah, zerklüftete rote Felsen; an ihren Füßen sanfte Wellen, die ihr Leben ließen mit einem Geräusch, wie wenn man ein Stück Stoff zerreißt. Der Himmel klar, ein paar Wölkchen voller Licht, unbewegt, wie am blauen Zelt befestigt. So wie von Konstantin Michail versprochen, lebten sie wie die Götter, lagen nackt am Rand der Fluten, badeten ihre Leiber in der Sonne und atmeten schweigend die gute Seeluft. Mehr als eine Woche verbrachten sie so in der Nähe von Jalta, keine Minute voneinander lassend. Sie wohnten in dem Haus, das ein befreundeter Maler Konstantin überlassen hatte, ein Häuschen mit weißen Mauern und rotem Dach, einsam zwischen den Felsen, nicht weit von der Straße, die von Jalta nach Aluschta führt. Das Haus hatte nur zwei Zimmer: Das größere von beiden lag nach Süden und ging mit drei Fenstern hinaus aufs Meer, es hatte kalkverputzte Wände, die mit orientalischen Stoffen behängt waren, und entlang den Wänden standen mit Perserteppichen bedeckte Sofas; dies war das Wohn- und Esszimmer. Das andere war das Schlafzimmer, kleiner, aber durchaus geräumig und mit Blick nach Westen hinaus auf eine eigenartige Landschaft mit Kakteen, Sukkulenten, Blumen, Felsen und Kiefern. An der Rückseite des Hauses lagen die Küche und die Kammer der Haushälterin, die für sie kochte, ein Tatarenmädchen mit schwarzem Haar und schönen bloßen Füßen, von deren geräuschlosem Gang man kaum etwas mitbekam.

Wie eine Katze, die ein neues Zuhause in Augenschein nimmt, hatte Ariane einen Rundgang durch das Quartier gemacht, das Konstantin für ihr Leben zu zweit ausgesucht hatte, und war in der Küche verschwunden, wo sie ein langes Gespräch mit der Tatarin führte. Konstantin hatte ihr aufgetragen, das Hauswesen zu führen, nicht ohne die gewisse Sorge, sie könnte sich dabei als allzu eigenwillig erweisen. Doch da lag er falsch. Ariane war die perfekte Hausherrin.

Die Mahlzeiten wurden nicht nur zu festen Zeiten aufgetischt, sondern der Speiseplan war ausgezeichnet und abwechslungsreich. Ariane verriet der Tatarin gern Rezepte aus der berühmten Küche Warwara Petrownas und überwachte die Ausführung. So gab es einmal eine Fischterrine mit Kaviar, von der Konstantin begeistert war, und einen Kulebjak, von dem noch lange danach die Rede war. Das junge Mädchen nahm seine neuen Aufgaben ernst und genoss es, Konstantin bei Tisch zuzusehen, wie er es sich schmecken ließ.

Der Alltag war gleichförmig, aber vom Feinsten. Spät erwachten sie im bereits hellen Schlafzimmer. Ariane klatschte in die Hände, und daraufhin erschien die barfüßige Tatarin und brachte ein Tablett mit heißer Schokolade, Tee, Sahne, frischem Brot, Butter und verschiedenen Marmeladen. Sie frühstückten miteinander, voller Genuss, und zögerten das Aufstehen noch hinaus. Gegen elf verließen sie dann aber doch das warme Bett und suchten den benachbarten kleinen Strand auf. Dort tollten sie im Sonnenschein herum und spielten wie die Kinder zwischen den Felsen, gingen ins beinahe lauwarme Wasser, kamen heraus und gingen noch einmal hinein und legten sich nackt in den warmen Sand. Ariane löste dann ihr langes Haar. Regungslos lagen sie in der glühenden Sonne, die Augen geschlossen. Ihnen war, als drängen die Sonnenstrahlen tief in ihr Innerstes ein. Unter der Haut fühlte es sich an wie Millionen kleiner elektrischer Funken. Alles Leben der Welt schien sie zu durchströmen. Sie waren Geschwister der Felsen, des Sandes, der Blumen, die sie umgaben. Der salzige Wind strich über ihre Leiber und spielte zwischen ihren bloßen Zehen. Es war eine tiefe, wunderbare Benommenheit. Sie sprachen nicht. Sie fühlten kaum das Leben in sich.

Gegen eins, wenn die Sonne mit aller Macht auf sie niederbrannte, gingen sie wie betrunken in den kühlen Wohnraum und speisten mit großem Appetit. Es folgte eine lange Mittagspause während der heißen Stunden des Tages. Am ersten Tag hatte Konstantin sich aufs Sofa gelegt. Ariane lag auf dem Bett, und am zweiten Tag rief sie, zu seiner großen Überraschung, nach ihm. Lesend, rauchend und schlafend ruhten sie beieinander, kaum bekleidet, und um fünf tranken sie Tee. Nun musste man sich endlich anziehen. Ariane seufzte, richtete aber ihr Haar und zog ein spinnennetzleichtes Kleid über.

In der Abenddämmerung verließen sie ihr Grundstück und gingen zu Fuß nach Jalta. Oft gelangten sie bis zur wenige Werst entfernten Stadt und kamen dabei an üppigen Obst- und Ziergärten vorbei, die sich am Ufer entlangzogen. Wenn es dunkel wurde, tafelten sie auf einer Hotelterrasse hoch über dem Meer. Unter ihnen dümpelten die Boote im Hafen, der von elektrisch beleuchteten Glaskugeln erhellt war. Aus der Ferne kamen Musikklänge durch die duftgeschwängerte Luft herüber. Voller Neid blickten die Leute auf dieses Paar in seinem geradezu herausfordernd strahlenden Glück. Zuletzt gelangten sie wieder zu ihrem Haus. Entlang der Straße markierten Glühwürmchen die duftenden Sträucher mit ihrem Leuchten, taumelten von Zweig zu Zweig, bald verlöschend, bald woanders wieder aufglimmend, und gaben ihrem Nachtspaziergang eine Kulisse der Leidenschaft, in der die Liebe bei jedem Schritt in kurzen und heftigen Flammen emporzüngelte. Zu Hause stand der Samowar auf dem Tisch, sie zogen sich aus und küssten sich und redeten bis tief in die Nacht.

Die äußerliche Zurückhaltung, die Ariane immer geübt hatte, war in der Nähe des Zusammenlebens verschwunden. Sie duzte ihren Liebhaber, der ihr zu verstehen gegeben hatte, dass das Sie bei einem Mädchen doch recht gekünstelt wirkte. In den Armen Konstantins war sie eine zärtliche und leidenschaftliche Geliebte, in den Liebkosungen, mit denen sie ihn überhäufte, war etwas Feines und zugleich Heftiges.

Doch er fühlte, dass sie sich in ihrem Inneren nicht geändert hatte. Sie war weiterhin ironisch, geistreich und von einer gedanklichen Unabhängigkeit, die manchmal an unverhohlenen Zynismus grenzte. Schon bei der Vorstellung, es könnte zwischen ihnen von Liebe die Rede sein, wäre sie in jugendlich-unverschämtes Gelächter ausgebrochen. Liebe gehört ins Reich der Träume eines unschuldigen jungen Mädchens. Klüger ist, wer nur das Körperliche als real gelten lässt, und die äußersten Sinnesfreuden haben es am wenigsten nötig, sich mit einer Gefühlskränkelei zu trüben, die selbst Klardenkende in den Wahnsinn zu treiben vermag.

So war sie ihrem Liebhaber dankbar, dass er es so zauberhaft verstanden hatte, ihr ein Dasein zu bereiten, das ihren Sinnen wohltat und ihr Herz und Hirn nicht einengte.

Sie war rücksichtsvoll genug gewesen, während ihrer ersten Woche am Meer nicht auf ihre früheren Erfahrungen zu sprechen zu kommen. Alles, was sie über die Liebe sagte, kleidete sie in verallgemeinernde Sentenzen. Diese materialistischen Weisheiten aus dem Mund von Ariane bildeten einen eigenartigen Gegensatz zur prallen Jugend ihrer achtzehn Jahre, Konstantin Michail kam aus dem Staunen nicht heraus.

So war, indem sich in fortgesetzter Leidenschaft Tag an Tag reihte, der zehnten Juni herangekommen, der Tag, an dem Ariane hätte zu Hause sein sollen. Einmal hatte sie immerhin angedeutet, dass sie pünktlich zu einer Verabredung erscheinen müsse, über die sie keine weitere Auskunft gab. Vergeblich hatte Konstantin, dessen Neugier geweckt war und der alles über seine Freundin zu wissen glaubte, sie dazu zu bewegen versucht. Sie hatte stets nur in allgemeinen und absichtlich doppeldeutigen Worten geantwortet; es handle sich um eine Ehrenpflicht, in der sie nicht versagen dürfe. An gewissen Formulierungen konnte er erahnen, dass Geldfragen dabei eine Rolle spielten. Wenn er sie darauf ansprach, wurde sie nachdenklich und reizbar und bat Konstantin schließlich, nicht daran zu rühren, die Sache sei ihr unangenehm. Er schwieg, doch er spürte, dass da etwas Undurchsichtiges war, und er hätte viel darum gegeben, dieses bedrückende Rätsel zu erhellen. Noch eine Woche verging. Ariane blickte öfter auf den Kalender, und ihre Laune verfinsterte sich.

Bei einem Abendessen auf der Terrasse eines Hotels in Jalta sprach sie davon, dass ihre Trennung unmittelbar bevorstehe und diesmal endgültig sei.

»Du reist wieder durch die Weltgeschichte und läufst den Frauen nach, und ich setze im Herbst in Moskau mein Studium fort. Nach einem Semester gehe ich nach Paris oder London.«

»Dann treffen wir uns dort wieder«, sagte Konstantin vergnügt, »du wirst sehen, was für ein schönes Leben ich dir dort bereite.«

»Ich werde dich nie wiedersehen«, sagte sie mit ungerührter Stimme, »wozu auch? Aufgewärmte Gerichte schmecken nicht. Wir haben es zusammen sehr gut gehabt; lassen wir es dabei bewenden. Zum Glück«, fuhr sie fort, wobei sie Konstantin bezaubernd anlächelte, »ist es mir gelungen, mich nicht an dich zu binden. Du bist ganz schön gefährlich, aber ich habe die Klippen umschifft. Glaubst du, ich würde mich in dich verlieben? Willst du, dass ich leide, wenn du nicht bei mir bist?«

»Ja«, sagte Konstantin schlicht.

»Na ja, ich nicht. Ich habe meine Jugend vor mir. Glaub ja nicht, ich würde sie dir opfern. Du hast mich bald vergessen. Ein kleines Mädchen, wie du sagst, was zählt das schon auf einer langen Liste! Gott sei Dank ist zwischen uns alles so abgelaufen wie vereinbart. Wir werden doch jetzt nicht etwas anfangen, wofür wir nicht gemacht sind, du nicht und ich nicht. Gib zu, dass du dir mich nicht als weinerliche Geliebte vorstellen kannst. Würde mir diese Rolle stehen? In ein paar Tagen sagen wir einander Adieu …«

Konstantin fühlte Ärger in sich aufsteigen. Er blickte zu Ariane hinüber. Sie war vergnügt und redete mit so gleichgültiger Stimme, dass er davon tief verletzt war.

Und so fetzten sie sich, lächelnd, ungerührt, beide auf der Suche nach der verwundbaren Stelle des Gegners, wo ein scharfer Hieb tief eindringen würde. Für die neidischen Leute um sie herum mochte es aussehen, als tauschten sie tausend Zärtlichkeiten aus, wie zwischen Verliebten üblich. Konstantin schloss mit den Worten:

»Wir sind einander nah. Aber zwischen uns ist ein Abgrund, den nichts überbrücken kann. Ich gebe auf … Gehen wir.«

Ariane hatte ein gequältes Lächeln im Mundwinkel. Sie standen auf und wanderten zurück zu ihrem Quartier. Das Mondlicht spiegelte sich in den Fluten und beleuchtete die schlafenden Gärten von Jalta. Ariane schwieg, und Konstantin fühlte eine schwer zu beschreibende Bitterkeit tief im Herzen.

Schweigend legten sie sich nieder. Doch kaum waren sie im Bett und kurz vor dem Einschlafen, schmiegte sich Ariane an ihren Geliebten, nahm seinen Kopf zwischen beide Hände und überhäufte ihn mit Küssen.

»Verzeih mir«, sagte sie ihm ganz leise ins Ohr, »das war boshaft von mir. Ich will es nicht wieder tun.«

Da war sie wieder, die demütige, kindliche Stimme, die Konstantin nur einmal zu hören bekommen hatte, nämlich als Ariane sich ihm zum ersten Mal hingegeben hatte.

VIII
Trennung

Zwei Tage nach diesem Abend kam um die Mittagszeit ein Telegramm. Konstantin öffnete es und reichte es Ariane. Er sollte dringend wieder nach Moskau kommen. Ohne ein Zögern, ohne sich mit ihr zu beraten – Ariane beobachtete ihn genau –, telegrafierte er nach Sewastopol und ließ für den übernächsten Tag ein Abteil nach Moskau reservieren. Ariane verlor kein Wort des Bedauerns und war am Abend fröhlich und gesprächig wie gewohnt.

Doch am nächsten Morgen, als sie noch im warmen Bett lagen und überhaupt nicht herauszuwollen schienen, überraschte sie Konstantin mit einem unerwarteten Satz, in dem sie, gestützt auf die Erfahrungen der Vergangenheit, behauptete, sie könne keine Kinder bekommen. Ihr Geliebter wies sie darauf hin, es wäre für sie beide schöner gewesen, wenn sie ihm das früher gesagt hätte.

»Danach hattest du mich nicht gefragt«, sagte sie ruhig.

In seinem Inneren wünschte Konstantin sie zum

Teufel, hielt sich dann aber daran fest, dass ihm ohnehin kaum noch gemeinsame Zeit mit Ariane blieb.

Am nächsten Tag verabschiedeten sie sich vom Haus am Meer und von der barfüßigen Tatarin, die ihr Automobil mit Blumen überschüttete. Am Abend nahmen sie den Schnellzug nach Moskau. Sechsunddreißig Stunden später waren sie morgens am Ziel. Konstantin hatte Ariane abgerungen, dass sie vor ihrer Trennung noch einen Tag und eine Nacht mit ihm verbrächte. Sie stiegen im Hotel National ab.

Konstantin fürchtete sich vor diesen letzten Stunden. Er würde für länger verreisen, da er zu schwierigen Verhandlungen nach New York musste. In anderen Zeiten hätte er voll Freude das Telegramm begrüßt wie den *deus ex machina* in einer Oper, der einer ausweglosen Situation ein Ende machte. So köstlich eine Geliebte auch sein mag, einmal muss geschieden sein. Nun sorgte das Schicksal für den notwendigen Abbruch und kam Konstantin zu Hilfe, der aus sich selbst heraus wohl nicht die Kraft dafür aufgebracht hätte. Ariane hatte ihm die Blüte ihrer Jugend und ihres Geistes geschenkt – konnte er ihr da böse sein wegen ihrer übermäßigen, bei Frauen seltenen Freimütigkeit? Sollte er es ihr übelnehmen, dass sie ihn nicht so liebte, wie andere ihn geliebt hatten? Wäre er so närrisch, es zu bedauern, wenn er sie beim

Abschied nicht in Tränen sähe? Und doch betrachtete dieser Hedonist sie in den letzten Stunden ihrer Beziehung mit einem Gefühl, das er nicht vor sich selber zu verbergen versuchte – ganz im Gegenteil: Er beglückwünschte sich eher dazu. Und es mischte sich darein eine Unruhe darüber, was nun kommen würde, wie die animalische Angst vor Schlägen.

Den Nachmittag liefen sie kreuz und quer durch Moskau. Ariane wirkte, als wäre es für sie ein Tag wie jeder andere. Abends war sie ebenso zärtlich und leidenschaftlich wie in den unvergesslichen Stunden auf der Krim.

Doch am nächsten Morgen – sie lag noch im Bett, er wusch sich gerade – brach der befürchtete Angriff plötzlich mit elementarer Macht aus, wie gewohnt im Ton beiläufiger Unterhaltung:

»Na ja«, sagte sie unvermittelt, »morgen bin ich zu Hause. Nun sag mir, da du so gern etwas anordnest, sag mir, wie viele Tage dir treu zu bleiben du mir befiehlst.«

Konstantin stürzte auf sie zu, hielt ihr mit der Hand den Mund zu und sagte flehentlich:

»Ich bitte dich, Ariane, bei allem, was uns verbindet, verdirb nicht die letzten Augenblicke, die wir zusammen verbringen. In ein paar Tagen sind wir weit weg voneinander. Keine Ahnung, was das Leben mit uns vorhat. Aber schweig, ich halte es nicht aus, mir vorzustellen, dass du je in den Armen von jemand anderem liegst … Ich weiß, es ist abwegig, aber es ist so … Ich flehe dich an, verdirb nicht diese notwendigen Illusionen. Ich weiß, ich weiß … Dein Leben geht weiter, ich habe keinerlei Rechte an dir. Doch später … reden wir nicht davon … Warten wir, die Zeit wird helfen. Schweig, Mädchen, man muss auch schweigen können …«

Und er bedeckte sie mit Küssen und schloss sie fest in die Arme. Doch als er die Umarmung gelöst hatte, fuhr sie unbarmherzig fort:

»Ich habe einen Geliebten, der auf mich wartet. Das habe ich dir nicht verheimlicht.«

Diesmal erstarrte er, schien es gar nicht zu begreifen.

Mit leiser, weicher Stimme, in völligem Gegensatz zu ihrer Aussage, fuhr sie fort:

»Sobald ich zu Hause bin, wird er mich rufen … Ich verspäte mich um vierzehn Tage gegenüber der Verabredung. Wie willst du mich ihm verwehren? Unter welchem Vorwand? Nehmen wir an, ich würde ein paar Tage Aufschub gewinnen, eine Woche der Läuterung. Aber mehr kannst du wirklich nicht von mir verlangen … Er hat ein Anrecht auf mich, und das ist älter als deins. Außerdem weißt du ja, wie das

Leben bei uns ist, wie leicht dort alles ist, ganz anders als hier … Schau, lass uns eine Verabredung treffen. Ich verspreche, dass ich eine Woche lang in dem lebe, was du ›unsere lieben Erinnerungen‹ nennst … Aber verlang nicht mehr von mir, denn was für einen Sinn hätte eine solche nachgetragene Treue?«

Konstantin hatte die Flucht ergriffen, die Tür hinter sich zugeschlagen und war laut fluchend die Treppe hinuntergelaufen. Zu Mittag, nachmittags und bis in den Abend waren sie zusammen am Rjasaner Bahnhof, und Ariane war so angriffslustig und reizbar wie zuvor.

»Es kommt mir fast so vor, als wolltest du mir den Abschied leicht machen«, sagte Konstantin, »willst du denn nicht, dass ich dir nachtrauere?«

Sie küssten sich ohne Leidenschaft, wie man eine ungeliebte Arbeit hinter sich bringt.

Konstantin sah den schweren Zug sich in Gang setzen und blieb allein am Bahnsteig zurück. Er fühlte sich beklommen, hatte Ruhe nötig.

Wieder ist ein Kapitel in meinem Leben zu Ende, sagte er sich, und nicht das langweiligste. Aber es war Zeit.

IX
Der schöne Sommer

Mit Arianes Ankunft war in Warwara Petrownas Haus wieder so viel Leben wie zuvor. Doktor Wladimir Iwanowitsch war täglich da und richtete es oft so ein, dass er nachmittags oder abends kam. Er machte keinen Hehl daraus, wie sehr er sich freute, Ariane wiederzusehen, und Warwara Petrowna wurde nicht im Geringsten eifersüchtig davon. Die alte Innigkeit zwischen Olga Dimitriewna und Ariane hatte sich gleich wieder eingestellt. Olga war der einzige Mensch, den Ariane selbst über Entfernungen hinweg als Vertraute behielt. So war sie auf dem Laufenden über die unglückliche Beziehung zu dem berühmten Schauspieler, von dem alle Frauen Russlands träumten, und über das kurze, aber glanzvolle Abenteuer mit Konstantin Michail, den sie den Märchenprinzen nannte. Die Krimreise erschien ihr, auch wenn Ariane leichthin davon sprach wie immer über ihr Liebesleben, als eine in Gold auf Seide gestickte Geschichte, wie man sie aus morgenländischen Büchern kennt. Sie gingen zusammen ins Sommertheater und ließen sich auf den

Terrassen des belebten Alexanderparks blicken. Sie speisten mit ihrer »Clique«, wie sie es nannten, und die war nicht weniger glanzvoll als voriges Jahr. Olga Dimitriewna schien nicht einmal mehr vor dem Ingenieur Michail Bogdanow Angst zu haben. Während Arianes Abwesenheit war es ihm gelungen, sie auf seine Seite zu ziehen. Er hatte sich ihr genähert, weil sie die einzige wirkliche Freundin von Ariane war, die er immer noch ›die Königin von Saba‹ nannte und von der er unausgesetzt reden musste. Mit tausend kleinen Tricks und vor allem mit Geschenken, worauf Olga sehr ansprechbar war, hatte er sie an sich gebunden. Er hatte sie davon überzeugt, dass es nicht etwa eine vergängliche Laune sei, sondern dass er die ernsthaftesten Gefühle für Ariane hege und fest davon ausgehe, sie wolle zu einem Zeitpunkt ihrer Wahl Frau Michail Bogdanowa werden. In jedem ihrer Briefe rühmte Olga die guten Seiten des Ingenieurs, seine Großzügigkeit und seine überlegene Intelligenz, und beglückwünschte Ariane Nikolajewna dazu, ihn erobert zu haben. Also stellte sich Olga auch nicht mehr den Treffen in den Weg, die der Ingenieur von Ariane erbat.

Eigenartigerweise besuchte sie ihn weiterhin zweimal die Woche, allerdings in der Dämmerung, um einen erneuten Skandal wie jenen im vergangenen

Jahr zu vermeiden. Sie ging zu dem kleinen Haus in der Vorstadt, oft in Begleitung von Olga Dimitriewna, die draußen bleiben musste.

Drinnen nahm sie als Erstes ihre Armbanduhr ab, ein Geschenk von Konstantin Michail, und legte sie auf einen Beistelltisch, wo sie sie gut im Blick hatte.

»Es ist jetzt Punkt sechs«, sagte sie.

Genau eine Stunde später sah man sie aus dem Haus herauskommen, und Olga Dimitriewna neckte sie wegen ihres strengen Zeitregimes, mit dem sie den sechzig dem Ingenieur geschuldeten Minuten nie auch nur eine einzige hinzufügte.

»Geschäfte sind Geschäfte, und wo sollte man präziser sein als im Verhältnis zu seinem Bankier?«, sagte Ariane dann.

Warwara Petrowna beobachtete ihre Nichte. Sie fand, sie habe sich verändert, sei ernster geworden.

»Irgendetwas ist anders an dir«, sagte sie, »schwer zu beschreiben. Bist du etwa verliebt?«

Ariane musste laut lachen, so verrückt fand sie diese Annahme.

»Diese Krankheit ist nichts für mein Alter, eher für deins«, erwiderte sie, um ihre Tante zu necken.

Nikolaj Iwanow hatte die Stadt vor einem Vierteljahr verlassen. Den ganzen Winter hatte er sich nicht blicken lassen, zurückgezogen auf seinem Gut. Dann war er auf die Krim gefahren, wo seine Anwesenheit angeblich wegen der Gesundheit seiner Mutter notwendig war. Doch es wurde gemunkelt, er sei geistesverwirrt und deshalb in Behandlung bei demselben Spezialisten wie Mutter Iwanowa. Tagtäglich kamen Postkarten bei Ariane an, sie warf sie ungelesen weg.

Sie ließ sich von einem gutaussehenden jungen Mann umwerben, sie spielte ihm manchen Streich und hielt ihn voller Grausamkeit zum Narren.

Warwara Petrowna hatte sich nicht darin getäuscht, als sie bemerkte, ihre Nichte sei verändert. Dem Anschein nach führte sie das gleiche Leben wie im Jahr zuvor, doch sie brachte nicht mehr den rasanten Schwung auf, durch den sie stadtbekannt geworden war. Gewiss, sie war noch immer die sprühendste Gesellschaft, die man sich bei den Abendessen im Alexanderpark wünschen konnte. Niemanden hatte sie je geschont, doch ihr Hohn wirkte jetzt noch grausamer, die Pfeilspitzen drangen noch tiefer ein. Weder Menschen noch Gedanken hielten ihrer Kritik und ihrem beißenden Spott stand. Wie Mephisto in Goethes *Faust* hätte sie sagen können: Ich bin der Geist, der stets verneint. Sie ging weniger aus. Sie blieb öfter zu Hause, lag auf dem Sofa und träumte vor sich hin. Sie musste an Konstantin Michail denken. Er war anders als die Männer, von denen sie umgeben war, in der Eleganz seines Auftretens, in einer gewissen Lockerheit der Umgangsformen, mit der er sich alles erlauben konnte, ohne ins Vulgäre abzugleiten. Doch nicht diesen Vorzügen war der Raum geschuldet, den er in ihren Gedanken einnahm, und der in der ersten Reihe, den sie ihm zuerkannte. Sie spürte in ihm eine andauernde Kraft, gegen die sie nicht ankam. Mit den anderen Männern amüsierte sie sich ein Weilchen und schickte sie, bevor sie ihr langweilig wurden, angewidert dorthin zurück, woher sie gekommen waren. Mit Konstantin war das etwas anderes. Nicht sie hatte mit ihm gespielt, sondern er mit ihr. Gewiss hatte sie ihn für kurze Augenblicke ärgern können. Aber seine abscheuliche Kaltblütigkeit hatte ihn nie auch nur für eine Minute im Stich gelassen. Und was hatte sie davon gehabt? Hatte er sich enger an sie gebunden, als man sich an ein hübsches junges Mädchen bindet, das man zur Gespielin hat? Er hatte sie genommen, als er es wollte, und er hatte sie an einem von ihm gewählten Tag verlassen. Sie hatte sich ihm hingegeben zu einer von ihm bestimmten Stunde, sie hatte keines der Stelldicheins im Hotel National versäumt. Einmal hatte er es gewagt, ihr im letzten Augenblick abzusagen. Doch am nächsten Abend war sie wiedergekommen. Er war nach Kiew gefahren, wie es ihm passte. Er hatte sie auf die Krim mitgenommen, ganz nach seinen Vorstellungen. Ihre knappe unverplante Zeit hatte sie dort um zwei Wochen überzogen. Konstantin aber hatte in dem Augenblick, als ein Telegramm kam, das ihn zurückrief, ohne Rücksprache mit ihr das Abreisedatum festgelegt. Er hatte sie in Moskau zurückgelassen, ohne ihr einen Tag Puffer zu gewähren, worum sie ihn im Übrigen um nichts auf der Welt gebeten hätte. Olga Dimitriewna hatte Recht: Er war der Märchenprinz. Und er wusste es; sie hatte die Schwäche gehabt, ihn merken zu lassen, dass sie seine Überlegenheit anerkannte. Er befahl, sie gehorchte. Bei dieser Formulierung wurde Ariane blass vor Wut. Was muss er von mir denken, fragte sie sich, er behandelt mich wie seine Sklavin. – Wo mag er jetzt gerade sein? Was für Frauen mag er erobern mit seiner teuflischen Selbstsicherheit? Ach, wenn ich ihn je wiedersehe, wird er mir büßen müssen für die Demütigungen, die er mir zuzufügen gewagt hat. Ich werde mich an ihm zu rächen wissen.

Ariane war an diesem Punkt ihrer Selbstgespräche, als sie eines Tages ein recht kurz angebundenes Telegramm erhielt. Es kam aus New York und lautete schlicht:

Komme in einem Monat nach Moskau. Bis bald.
Konstantin Michail, Hotel Plaza

»Er war nicht einmal so höflich, ›in Liebe‹ oder ›tausend Küsse‹ dazuzuschreiben«, schimpfte sie ärgerlich, »eins ist sicher: Ich werde ihn nicht wiedersehen. Für wen hält er mich denn? Glaubt er, ich warte nur auf ihn? Gott bewahre, dass ich auf dieses unverschämte Telegramm antworte.«

Das Telegramm war gegen Mittag eingetroffen. Abends fuhr sie mit einem Freund aufs Land. Nie war sie liebenswürdiger zu diesem unbedeutenden jungen Mann, der, als er Ariane zuhörte und beobachtete, wie sie ihn ansah, keinen Zweifel mehr daran hatte, nun dem langersehnten Glück nahe zu sein. In der Abenddämmerung spazierten sie die Dworanskajastraße hinaus.

Als sie zurückkamen und vor dem Telegrafenamt standen, sagte Ariane unvermittelt:

»Entschuldigen Sie mich bitte für einen Augenblick.«

Sie stieß die Tür auf und ging in das Amt. Er folgte ihr. Rasch schrieb sie Konstantin Michails New Yorker Adresse, und darunter nur ein einziges Wort:

Hurra.

Ohne Unterschrift warf sie das Telegramm und etwas Geld auf den Tresen und floh, als wäre ihr jemand auf den Fersen.

X
Wiederaufnahme

Seit Anfang September war Ariane wieder in Moskau. Auf das Angebot von Onkel und Tante, weiter bei ihnen zu wohnen, hatte sie dankend verzichtet. Sie wohnte nun in einer modernen Wohnung bei einer netten Frau, die ihr ein gut möbliertes Zimmer vermietete, wo sie Besuch von ihren Freunden bekommen und kleine Begegnungen von jungen Leuten organisieren konnte, auf die die Studenten beiderlei Geschlechts in Russland so scharf sind. Dort werden bis tief in die Nacht hitzige Diskussionen geführt; man streitet sich über tausend Ideen und trinkt ebenso viele Gläser Tee. Spitzfindigkeiten und extreme Standpunkte gehen die widersprüchlichste Synthese ein; der Absolutheitsanspruch ist umgekehrt proportional zur Lebenserfahrung. Und gleichzeitig flirten die jungen Männer mit den jungen Mädchen wie überall sonst in allen Ländern und Breitengraden.

Ariane hatte keine weitere Nachricht von Konstantin Michail. Als sie ihre Wohnung gefunden hatte, ließ sie einen Briefumschlag mit ihrer Adresse und ihrer Telefonnummer auf Konstantins Namen in dem Hotel hinterlegen, in dem er gewöhnlich abstieg. Wochen waren vergangen. In einem trotzigen Augenblick hatte sie versucht, den Brief wiederzubekommen, doch der Portier hatte dieser Unbekannten nicht die Post eines Stammkunden aushändigen wollen.

Ich wäre so weit, dachte sie, mich verleugnen zu lassen, wenn er kommt.

Sie war allein im Haus an diesem Spätnachmittag, als das Telefon klingelte. Eine Ahnung durchwehte sie, es sei vielleicht der Märchenprinz, wie sie ihn mit dem von Olga Dimitriewna geprägten Begriff nannte. Sie wurde blass und beschloss, nicht dranzugehen. Doch ihre Beine trugen sie zum Telefon. Sie nahm den Hörer ab und sagte mit klarer Stimme:

»Hallo.«

Und ohne zu fragen, wer dran sei, rief eine Männerstimme am anderen Ende der Leitung voll Freude:

»Ich bin da … Endlich! Ich erwarte dich unverzüglich. Nimm das schnellste Pferd und gib ein fürstliches Trinkgeld.«

Sie hängte ein, lief vor den Spiegel, richtete ihr Haar und war schon auf dem Weg nach draußen – da besann sie sich noch einmal. Sie kehrte um, stürzte zum Schreibtisch, zog eine Schublade heraus und suchte zwischen den Papieren, die unordentlich darin lagen, ein schmutziges Blatt heraus, faltete es, steckte es in ihr Handtäschchen und rannte los.

Eine Viertelstunde später klopfte sie bei Konstantin an die Tür. Auf dem Weg hatte sie sich einen ziemlich boshaften Satz ausgedacht, doch als sie dem Märchenprinzen gegenüberstand, der die Arme nach ihr ausstreckte, wurde ihre Zunge zur Verräterin, und sie hörte sich zu ihrem eigenen Erstaunen die Worte sagen:

»Nun, mein Herr, Sie haben ja auf sich warten lassen!«

Sie aßen in Konstantins Zimmer zu Abend, dicht beieinander. Er kam kaum dazu, ihr von den neuesten Entwicklungen seiner Arbeit zu erzählen. Sie hörte nicht zu. Sie erzählte so gern von sich und beschrieb das glanzvolle Leben, das sie den Sommer über in ihrem südländischen Königreich geführt hatte. Eine nach der anderen ließ sie die Vergnügungen vor den Augen des Märchenprinzen erstrahlen. Nach dem Essen war sie erstaunt, dass Konstantin sich ausgehfertig machte und sie bat, sich anzuziehen.

»Gehen wir zu dir«, sagte er.

»Du kannst nicht zu mir kommen, und du wirst nie zu mir kommen. Was willst du dort?«

»Du Dummerchen«, sagte Konstantin, »ist dir nicht klar, dass ich dich heute Nacht bei mir behalte?

Aber diese unseligen Polizeiregeln verlangen, dass wir im Hotel deinen Pass hinterlegen. Gehen wir ihn holen.«

Ariane war einen Augenblick verunsichert.

»Ich habe ihn zufällig dabei«, sagte sie.

Sie klappte ihr Handtäschchen auf und zog das Blatt hervor, das sie aus der Schublade genommen hatte.

Sie legten sich im selben Bett schlafen. Ein Vierteljahr Trennung hatte sie voneinander entfernt und in so unterschiedliche Umgebungen katapultiert, dass sie wie auf verschiedenen Sternen gelebt hatten. Woher kamen sie nun und wo fanden sie sich schließlich? Dank Arianes lebhaften Schilderungen sah Konstantin die südländische Hauptstadt, wo sie Königin war, wie mit eigenen Augen. Die Leute, die sie dort umgaben, kannte er bis in die kleinsten physiognomischen und charakterlichen Eigenheiten. Nur sie selbst blieb undurchdringlich. Was für rätselhafte Kräfte hatten sie hier und dort angetrieben? Wen hatte sie wiedergetroffen in dieser Stadt, die ihm verhasst war? Mit welcher Miene war sie ihren früheren Freunden unter die Augen getreten? Welche neuen Bekanntschaften hatte sie geknüpft? Er hatte keine Ahnung. – Ariane wiederum konnte sich überhaupt nicht vorstellen, in welcher Umgebung der Märchenprinz gelebt hatte.

Mit Auskünften über sich war er immer sparsam gewesen. Dabei kannte sie seinen Blick, mit dem er die Frauen musterte, ganz genau. War es wichtig, noch mehr darüber zu erfahren?

Da lagen sie beieinander, müde, kurz vor dem Einschlafen. Doch sie hingen so intensiv ihren Gedanken nach, dass es beiden so vorkam, als träten ihre Gedanken nach außen und würden sichtbar für den reglosen benachbarten Gegner. Kann es sein, dass sie gar nicht weiß, was in mir vorgeht?, dachte Konstantin. Und Ariane dachte mit einem Schauder: Dass ich mich bloß nicht verrate und ihn mir ins Herz sehen lasse – da sei Gott vor.

Spät schliefen sie ein.

XI
Leben zu zweit

Ihr Leben spielte sich ein, ganz von selbst, es hatte keiner Abstimmung bedurft. Tagsüber war Ariane an der Universität, und Konstantin ging seinem Beruf nach. Er hatte Büroräume in der Innenstadt gemietet. Sie wohnten zusammen, aber Ariane behielt ihr Zimmer; so erhielt sie den Anschein aufrecht, hatte eine Adresse in Moskau und empfing bei sich zu Hause Besuch von Freunden. Im Hotel hatte Konstantin eine geräumigere Suite mit drei Zimmern genommen. Sie teilten aber weiterhin das Schlafzimmer, und Ariane hatte aus eigenem Antrieb eines der beiden Betten hinausschaffen lassen. Das verbleibende war nicht sehr breit, aber sie sagte: »Ich bin dünn, ich werde dich nicht stören.« Der Salon diente Konstantin als Arbeitszimmer, das zweite Schlafzimmer war als Esszimmer eingerichtet worden.

Morgens gingen sie ihrer Wege, und das Abendessen nahmen sie, meistens zu Hause, gemeinsam ein. Manchmal bat Ariane, dass sie in eines der eleganten Restaurants gehen sollten, die es in Moskau gibt. Dann wollte sie nicht im Separee speisen, was Konstantin vorgezogen hätte, denn er wollte sie nicht vorführen und in Verruf bringen. Schließlich hatte sie in Moskau Familie und Freunde, gehörte zum reichen und gebildeten Bürgertum und war gerade achtzehn. Musste sie da nicht ein paar Einschränkungen hinnehmen, um ihre gesellschaftliche Stellung nicht zu beschädigen? Doch Ariane gab sich sorglos und unangefochten von Gerüchten, die sich um ihre Affäre bilden mochten. Jemand in dieser Hinsicht Gleichgültigeren hatte die Welt nicht gesehen. Was sie an Vergnügen bekommen konnte, nahm sie mit und ließ die Leute reden. Nur gegenüber den wenigen Kommilitoninnen und Kommilitonen, mit denen sie verkehrte, lag ihr daran, das Gesicht zu wahren. Deretwegen traf sie Vorkehrungen. Weil ihre Vermieterin mitspielte, ahnte lange niemand in ihrem Kreis, was für ein Doppelleben sie führte, denn die jungen Leute mit wenig Geld waren keine Stammgäste in den angesagten Restaurants. Wenn ein Anruf für Ariane kam, sagte ihre Zimmerwirtin stets, sie sei eben aus dem Haus gegangen. Freitagabends empfing sie bei sich zu Hause ihre Freunde. Konstantin, der nicht sehr langmütig war, hatte verlangt, diese allwöchentlichen Gesellschaften so zu begrenzen, dass Ariane um ein Uhr früh wieder im Hotel sein konnte. Diese Bedingung hatte er mit der Klarheit gestellt, die er in allem an den Tag legte und gegen die sich Ariane bei all ihrem Unabhängigkeitsbedürfnis nicht aufzulehnen wagte. Doch wie schickt man in Russland Freunde weg, die bei einem zu Hause versammelt sind? Ariane schilderte dem Märchenprinzen, wie schwierig das war. Er erwiderte, es sei ihr Problem, das geeignete Mittel zu finden, und wenn sie erst um eins heimkomme, würden sie nicht vor zwei oder halb drei einschlafen, und er werde seine Gewohnheiten nicht für ein paar studentische Nachtschwärmer aufgeben. Und als sie allzu heftig darauf bestand, setzte er missmutig hinzu, seine Tür werde zur genannten Zeit abgeschlossen sein, und wenn sie zu spät komme, bleibe ihr ja immer noch die Möglichkeit, bei sich zu Hause zu schlafen.

Ariane hörte ihn wortlos an und überlegte. Konstantin Michails autokratisches Verhalten überraschte sie. Sie empfand es als hassenswert, wie er so tat, als behandle er sie als freien Menschen, lasse ihr in allem die Wahl, während er sie in Wahrheit uneingeschränkt tyrannisierte. Sie versuchte sich mit dem Gedanken zu trösten, Konstantin sei mehr an ihr gelegen, als er zu erkennen geben wollte. Warum hätte er sonst die Rückkehr zu dieser festen Stunde gefordert? Doch wieso bot er ihr im selben Atemzug an, sie könne ja die Nacht bei sich zu Hause verbringen? Sie hielt mit Worten dagegen, gab aber in der Sache nach und konnte sich für diese feige Schwäche nicht leiden. Jede Woche nahm sie sich vor, die Abendgesellschaft länger dauern zu lassen, die Zeit aus dem Auge zu verlieren und wenigstens ein einziges Mal in ihrem Studentenzimmer zu übernachten. Doch jeden Freitag wurde sie lange vor zwölf unruhig, blickte dauernd auf die Armbanduhr, die der Märchenprinz ihr geschenkt hatte. Abendessen gab es um neun, und dann ließ sie das Gespräch schleifen, brachte die Spiele zu Ende und fand tausend Tricks und Vorwände, ihre Gäste bald nach Mitternacht zu verabschieden.

Die Wangen gerötet von der Kälte, die Augen lebhaft unter ihrer Pelzmütze, mit schlaksigem Gang und den Schalk im Nacken kam sie an, voller lustiger Geschichten und geistreicher Wendungen. Mit ihr kam Jugendfrische ins Zimmer, wo Konstantin auf dem Sofa lag und Zigaretten rauchend vor sich hin träumte oder las. Sie tranken Tee und redeten noch ein wenig. Sie erzählte, wie der Abend gewesen war. Ihren Schilderungen nach passierte eine Menge an diesen Freitagabenden. Arianes Zimmer wurde Mittelpunkt der leidenschaftlichsten Abenteuer. Das Leben Moskaus schien sich dort zu ballen. Während sie sich auszog, lieferte sie mit wenigen Worten unvergessliche Skizzen der handelnden Personen. Und noch im Bett führte sie diese erstaunlichen Geschichten zu Ende. Konstantin hörte ihr staunend zu. Wäre es nicht am klügsten, dachte er manchmal, ich bliebe in meinem Zimmer und schickte dieses Mädchen hinaus in die Welt, von wo sie mir jeden Abend die leuchtendsten und buntesten Schilderungen heimbrächte? Noch das gewöhnlichste Ding, wenn man es mit den Augen dieses Kindes ansieht, beginnt in Schönheit zu glänzen.

Allmählich schlich sich ein, dass Ariane nicht mehr ganz so regelmäßig die Vorlesungen und Seminare besuchte. Sie blieb morgens länger im Bett liegen, stand erst gegen Mittag auf, trödelte bei der Morgentoilette und war kaum vor halb zwei fertig. Dann musste gegessen werden. Der Tag war fast um, wenn sie vom Tisch aufstanden. Dann bat sie Konstantin, er möge sie auf seine Gänge mitnehmen. Sie begleitete ihn bis vor die Tür des Hauses, wo er zu tun hatte. Sie wollte keinen Schlitten nehmen und hüpfte um den Märchenprinzen herum wie ein junger Hund um sein Herrchen. Manchmal überholte sie ihn und lief ein paar Schritte vor ihm her, trieb auf der Straße Schabernack, blieb vor Auslagen stehen, schnitt den Passanten Fratzen, drehte sich nach einem gutaussehenden Offizier um, der gerade vorbeikam, sprach einen Schüler an und lief dann wieder zu Konstantin, hängte sich bei ihm ein, blickte zu ihm auf und machte sich mit glucksendem Lachen über die Männer und Frauen lustig, denen sie begegneten.

»Du siehst aus wie Jupiter«, sagte sie, »wie ein vom Olymp nach Skythien verbannter Jupiter, der sich nun in Felle kleiden muss. Was gäbe ich dafür, zusehen zu dürfen, wie der oberste Gott des Olymp eine Rutschpartie macht und in den Schnee fällt. Bitte tu mir den Gefallen und leg dich einmal mitten auf der Nowospasskij-Brücke der Länge nach hin.«

Konstantin fühlte sich wie von einem gewaltigen Sturm mitgerissen. Anfangs hatte er noch versucht, Ariane zur Vernunft zu bringen und dazu zu bewegen, weiter ihre Seminare zu besuchen. Manchmal warf er sich vor, er verhinderte die Berufslaufbahn des Mädchens. In anderen Momenten war er klüger und haderte mit diesen Befürchtungen. Wie konnte man ein Wesen mit so reichen Anlagen in einen engen Rahmen zwängen? Selbst wenn sie ihn eines Tages ebenso unvermittelt und unbegründet verlassen würde, wie sie ihn genommen hatte, selbst wenn sie Unsinn machte oder auch etwas, das die Leute für vernünftig halten – egal was kommen mochte, sie würde ihm immer ein unerschöpflicher Quell des Lebens sein.

XII
Semper eadem

In ihrer neuen gemeinsamen Lebenssituation, in der die fleischlichen und geistigen Bande zwischen ihnen von Tag zu Tag, ohne dass ihnen dieses Wachsen bewusst wurde, enger und stärker wurden, blieb ihr Gefühlszustand unverändert wie zu Beginn ihrer Beziehung, und die Intensität ihres untergründigen Seelendramas nahm die Ausmaße einer Tragödie an.

Erbittert suchten sie sich gegenseitig zu beweisen, dass sie einander nicht liebten, dass zwischen ihnen nichts als ein Abenteuer bestehe, dessen A und O der Genuss war.

Ariane führte die Variationen über dieses Thema unvergleichlich virtuos auf. Einmal begann sie im Zimmer vor Freude zu tanzen.

»Was hast du?«, fragte Konstantin.

»Ich bin froh«, erwiderte sie, »ich fühle mich frei und fröhlich. Du weißt, mir hätte etwas Schlimmes zustoßen können. Ich hätte mich in dich verlieben können! Ich wäre gefühlsselig geworden«, sie hob den Blick gen Himmel und faltete die Hände, »ich hätte geseufzt«, sie seufzte herzzerreißend, »ich hätte meine Fröhlichkeit verloren, ich wäre versackt wie meine Tante mit ihrem schönen Doktor … Nie würde ich mich von dir trennen können, ich würde leidend auf dich warten, ich würde die Dummheit begehen, dich mit Liebeserklärungen zu überhäufen, bis du Überdruss empfindest. Eifersucht würde mich quälen. Ich würde dir nachstellen, dich überraschend im Büro aufsuchen. Ich würde wissen wollen, wohin du gehst, welche Frauen du draußen triffst. Ich würde dich anzurufen versuchen in den Häusern, wo du verkehrst. Letzten Endes würde ich mich lächerlich machen … Vielleicht würde ich gar weinen«, sie trocknete sich die Augen, »siehst du meine rot verweinten Augen? Gottlob werde ich all diese Schrecklichkeiten nicht erleben müssen. Ich danke dir, Märchenprinz, dass du nicht versucht hast, mein Herz zu erobern; wie soll ich dir nur dafür danken, dass du den Genuss so weit getrieben hast, dass er sich selbst genügt, und dass es dir geglückt ist, ihn in seiner Reinheit zu erhalten. Du bist wirklich ein Künstler. Ich verneige mich vor dir, Meister!«

Und sie kniete vor ihm nieder, senkte die Stirn bis zum Teppich vor ihren Füßen und machte beim Aufrichten ungezählte rituelle Kniefälle.

Ein anderes Mal sagte sie:

»Ich muss dir etwas gestehen. Ein- oder zweimal glaubte ich, du hättest mich besiegt. Was für eine Angst ich da bekam! Wie hätte ich gelitten, wenn wir uns getrennt hätten! Was für ein innerer Kampf war das! Aber ich habe mich wieder gefangen. Und nun habe ich dir so lange widerstanden, dass mir der Sieg gewiss ist. Hurra!«

Während sie diese immergleichen Themen vor ihm ausbreitete, hörte Konstantin ihr aufmerksam zu, legte jedes Wort auf die Goldwaage, blieb hellhörig für die kleinsten Schwebungen im Klang ihrer Stimme, in der Satzmelodie, in der Betonung der Wörter. War sie aufrichtig? Versuchte sie ihn zu täuschen? Sie wirkte, als sage sie das alles mit vollständiger Ehrlichkeit.

Er beließ es bei einer knappen Antwort:

»Mein Kind, ob du willst oder nicht, du liebst mich. Du setzt das ewig wiederkehrende Muster deines Geschlechts fort: Du bleibst die Dienende.«

Je nach Tagesform musste Ariane dann lachen, zuckte mit der linken Schulter oder geriet in Wut.

Manchmal sagte sie:

»Und du? Liebst du mich?«

Als sie ihm diese Frage zum ersten Mal stellte, war Konstantin überrascht. Doch er hütete sich, sein Erstaunen zu zeigen. Er stand vom Sessel auf, ging auf die junge Frau, die vor ihm stand, zu, nahm sie in den Arm und sagte in liebevoll-vorwurfsvollem Ton:

»Also, Mädchen, das glaubst du doch wohl selber nicht. Wie könnte ich denken, ich liebte ein so boshaftes Kind wie dich?«

Ariane war verblüfft. Woran sollte sie sich halten? An die ironischen Worte oder an die Zärtlichkeit in seiner Stimme? Konstantin entkam ihr immer wieder. Wenn sie gerade glaubte, ihn begriffen zu haben, entglitt er ihr zwischen den Fingern. Was waren die Männer, die sie bis dahin kennengelernt hatte, im Gegensatz zu ihm? Noch die stolzesten unter ihnen hatte sie rasch unterworfen und zu ergebenen Dienern ihrer kleinen Launen gemacht. Konstantin aber war ein Gegner, der ihrer würdig war und sie aus dem Konzept brachte. Warum nur schlug er ihr gegenüber den neckenden Ton an, in dem man mit Kindern spricht?

Sie versuchte es damit, ihn eifersüchtig zu machen. Sie zeichnete ein bezauberndes Bild von einem der Studenten, die an ihren Freitagabenden kamen. Er war einfach unwiderstehlich, und er war hoffnungslos in sie verliebt …

»Der Junge hat Geschmack«, war Konstantins ganze Antwort.

»Neulich hat er versucht, mich zu küssen …«

»Als Mann muss er das.«

»Dir wäre das wohl egal?«

»Mein liebes Kind«, hob Konstantin nun an, »für dich wäre nichts einfacher, als mich zu betrügen. Aber wozu? Wenn du mich nicht liebst, was hast du dann hier noch verloren? Warum bleibst du bei mir? Du liebst mich doch – das ist nicht zu übersehen –, was für Freuden hättest du in den Armen eines anderen? In den acht Monaten, die ich mit dir verbracht habe, habe ich dich doch kennengelernt. Du hattest und hast gelegentliche Liebeleien, aber du bist treu. In deiner Natur liegt etwas Stolzes und Besonderes. Vielleicht verlässt du mich eines Tages, aber betrügen wirst du mich nie.«

Nun war es Ariane, die den Vortrag ihres Liebhabers aufmerksam anhörte und herauszufinden versuchte, was sich hinter seinen Worten verbergen mochte. Im Ton waren sie alles andere als leidenschaftlich. Er schien keinerlei Gefühl in diese Gespräche über Spitzfindigkeiten in Sachen Liebe zu legen. Fast konnte man meinen, es wäre von jemand ganz anderem die Rede.

Nur in einem Punkt hatte sie Macht über Konstantin Michail. Sie hatte das am fünften Tag ihrer Beziehung entdeckt und diese Entdeckung seitdem trefflich zu nutzen verstanden. Der Märchenprinz wollte, dass Arianes Vergangenheit hinter dem Vorhang verborgen blieb. Gemäß den ungeschriebenen Gesetzen, die das Reich der Liebe beherrschen, spricht man von derlei Dingen nicht. Es gibt notwendige Illusionen, die jede Frau zu nähren weiß. Ariane aber legte Wert darauf, ein grelles Licht auf ihre Vergangenheit fallen zu lassen.

Die Ruppigkeit, mit der Konstantin sie zu unterbrechen pflegte, wenn sie dieses verbotene Thema anschnitt, nötigte sie nun zu tricksen, um das gewünschte Ergebnis zu erzielen. Ihr einfallsreicher Geist lieferte ihr tausend Schliche, wie sie den Märchenprinzen quälen konnte. Sie hatte ihm von der jüngsten Beziehung mit dem berühmten Schauspieler vom Künstlertheater erzählen können. Ohne das Risiko eingegangen zu sein, gefährliche Details auszubreiten, war sie doch sicher, dass bei ihm keine Zweifel über die Art der Beziehungen bestanden, die sie mit ihm unterhalten hatte. In unregelmäßigen Abständen, aber recht häufig, richtete sie es ein, dass in ihren Gesprächen die Rede auf ihn kam. Sie sprachen von der Schauspielkunst, und plötzlich tauchte der Name dieses verflossenen Geliebten in einem Nebensatz auf. Sie schilderte seine Vorzüge, seine Begabung, analysierte seine Lieblingsrollen, beschrieb Kostüm und Maske, seine Auftritte, die wunderbare Gestik und Mimik, die er bestimmten klassischen Rollen zu geben verstand. Natürlich sprach sie darüber nur wie eine Zuschauerin über einen Schauspieler. Im Lauf der Zeit entdeckte sie, wie sich zwischen Konstantins Augenbrauen eine wohlbekannte Falte abzeichnete, und irgendwann sagte er dann trocken:

»Schauspieler interessieren mich nicht. Es gibt kaum ein langweiligeres Gesprächsthema.«

Dann war Ariane stolz auf sich, aber sie hütete sich, zu erkennen zu geben, dass sie einen Sieg davongetragen hatte.

Eine Weile bestand sie darauf, sie sollten zusammen ins Theater gehen, um ihrem Helden in dieser oder jener Rolle zu applaudieren. Konstantin lehnte brüsk ab. Ariane insistierte. Schließlich sagte Konstantin eines Tages:

»Wenn du ins Künstlertheater willst, besorge ich dir eine Karte. Wenn du nicht allein gehen und einen deiner Liebhaber einladen willst, besorge ich dir zwei. Ich gehe an dem Abend zu Madame X... zum Abendessen, sie drängt mich schon so lange.«

Indem sie immer wieder von dem Schauspieler gesprochen hatte, gelang es ihr, ihn vor Konstantins geistigem Auge erstehen zu lassen. Er war Arianes »voriger Liebhaber«, aus dessen Armen sie sich befreit und in die seinen geflüchtet hatte. Ihm hatte sie die erstaunlichen Geschichten aus ihrem Leben erzählt. Er hatte dieses respektlose Mädchen ein Vierteljahr an sich zu binden verstanden. Was war das für ein Mann? Wie ging er mit den Frauen um? Konstantin empfand, dass er Ariane nie ganz kennen würde, solange er diesen Vorgänger nicht mit eigenen Augen gesehen hätte, der, ob er es wollte oder nicht, in seinen Gedanken herumspukte. Doch es würde ihm nicht möglich sein, in Begleitung von Ariane ins Künstlertheater zu gehen und ihn mit dem ganzen Gewicht eines großen Schauspielers und zum heftigen Beifall des Publikums auf die Bühne treten zu sehen. Das Mädchen hatte mit seiner teuflischen Inszenierung seine Nerven so zerrüttet, dass er sich außerstande sah, eine solche Belastungsprobe zu ertragen. Andererseits musste er den Mann ja einmal sehen. Nur so würde er sich aus dem Albtraum befreien, in dem er lebte. Er las also die Theaterplakate. An einem Freitag fand er den wohlbekannten Namen und bestellte eine Karte; er wusste ja, dass er den Abend freihatte, denn sie empfing in ihrem Studentenzimmer ihre Freunde.

Er aß zeitig zu Abend, allein, voller Ärger auf Ariane und sich selbst, und machte sich dann zu Fuß auf den Weg. In raschem Schritt ging er zum Theater, ganz in Gedanken versunken und ohne Gespür für die schneidende Kälte von dreißig Minusgraden im Gesicht. Als er im Foyer stand, knöpfte er seinen Pelzmantel auf und zog die Eintrittskarte hervor. Plötzlich durchfuhr es ihn. Er zerriss die Karte und warf die Schnipsel auf den Boden, ging hinaus auf die Straße und rief nach einem Schlitten. Erstaunt stellte er fest, dass er schweißgebadet und außer Atem war.

»Da hätte ich beinahe eine große Gemeinheit begangen«, sagte er laut zu sich selber.

XIII
Die zarte Freundin

Er rief dem Kutscher eine Adresse zu, und schon setzte sich der Schlitten auf dem hartgefrorenen Schnee in Gang.

Er fuhr zu einer jungen Frau, die er im Haus der Baronin Korting kennengelernt hatte, welche den Winter ihrer Gesundheit zuliebe in Pau verbrachte. Natascha X…, die er besuchte, war die sehr junge Ehefrau eines in die Mongolei entsandten Beamten. Zusammen mit einer alten Tante ihres Mannes lebte sie ziemlich zurückgezogen in einem Haus im Arbat. Sie war ein bezauberndes Wesen, manchmal vergnügt, manchmal schwermütig, und hatte als Siebzehnjährige den Fehler gemacht, die Ehe mit einem Lebemann einzugehen, einem mittellosen Beamten, den sie nicht liebte. Sie hätte ihn verlassen und sich einen Liebhaber nehmen können, doch dazu hatte Natascha nie den Mut aufgebracht. Geheiratet hatte sie gleich nach Abschluss der Petersburger Kunstakademie, noch ohne jede Lebenserfahrung. In den Armen eines groben und ungeduldigen Ehemannes gewann sie den schlechtesten Eindruck von der Liebe. Die Tränen, die sie weinte, als sie in den Schnellzug stieg, der sie in den Kaukasus brachte, konnte sie nicht vergessen. Nichts hatte diesen ersten Eindruck auslöschen können. Dann war ihr Mann ihrer bald überdrüssig geworden. Er ließ sich in ferne Länder entsenden, und so lebte Natascha mit zwanzig recht traurig, praktisch verlassen, zögernd, unruhig – und doch mit der Andeutung eines Lächelns im Winkel ihrer jungen Lippen. Zwischen ihr und Konstantin war gleich bei der ersten Begegnung etwas entstanden, was sie eine zarte Freundschaft nannten. In Russland, wo das Leben frei ist, losgelöst von Konventionen und gleichgültig gegenüber dem Reden der Leute, wo die Erziehung sich auf das Erlernen guter Manieren beschränkt und der Natur ihre ganze Unmittelbarkeit belässt, wundert sich niemand darüber, wenn Gefühle so rasch entflammen und sich so unverstellt äußern. Als sie sich kennenlernten, hatte Natascha mit Konstantin geredet, wie sie nie zuvor mit jemandem geredet hatte. Bei ihrer zweiten Begegnung hatte sie ihn aufgezogen wegen seiner Beziehung zu einer »anscheinend hinreißenden« Studentin. Konstantin war höchst überrascht, dass diese Einzelheit aus seinem Privatleben, von der er zu keiner Menschenseele ein Wort verloren hatte, im Salon der Baronin Korting bekannt war. Er hütete sich, etwas zu leugnen, und hielt es für klüger, sich den Anschein zu geben, er messe derlei aus der Luft gegriffenem Klatsch keinerlei Bedeutung bei. Natascha, die sich dafür zu interessieren schien, kam in kleinen Schritten immer wieder auf das Thema zu sprechen. Konstantin antwortete dann kurz angebunden und in Andeutungen. Und doch hatte er mehrfach zu erkennen gegeben, dass er ärgerlich wurde von diesem jungen Mädchen mit seinem schwierigen Charakter und von dem Zweikampf mit verdeckten Waffen, den sie seit ihrem Kennenlernen führten, unausgesprochen und unnachgiebig. Natascha hörte ihm aufmerksam zu. Ihre treffsicheren Fragen hatten alle dasselbe Ziel: Ariane wollte herausbekommen, was für Gefühle Konstantin für sie hegte. Konstantin antwortete stets ausweichend. Schließlich empfand Natascha brennende Neugier, das junge Mädchen kennenzulernen. Als sie das zum ersten Mal ansprach, zuckte Konstantin Michail nur die Achseln. Sie ließ sich nicht entmutigen und bohrte nach. Bei jeder Begegnung gab es einen neuen Angriff, so oft und so gut, dass Konstantin schließlich genötigt war, ihr zu versprechen, dass er Ariane von ihr erzählen werde. Er hielt Wort, und nach einigem Zögern sprach er das Thema eines Tages beim Ballett an, wo er eine Loge gebucht hatte.

Er scheiterte an einer kategorischen Weigerung von Ariane, die Natascha vom Sehen kannte und sie recht hübsch und sympathisch fand.

Mit der ihr eigenen Klarheit erwiderte sie auf seine Frage:

»Ich habe nicht die geringste Lust, die Neugier deiner Freundinnen zu befriedigen. Warum wollen sie mich sehen? Etwa weil ich deine Geliebte wäre? Besten Dank, aber dafür gebe ich mich nicht her. Und ich hoffe doch, dass du auch sonst nie von mir sprichst …«

Konstantin sprach trotzdem mit Natascha über sie. Je mehr sich der zwischen ihm und Ariane entstandene Streit zuspitzte, desto mehr fühlte er sich bemüßigt, dieses Thema, das ihn nicht loslassen wollte, anzusprechen. Seiner Geliebten deutete er nichts davon an, aber mit Natascha sprach er ausführlich über die russischen Mädchen von heute. Einmal sagte er zu ihr:

»Haben Sie von den freien Liebesbeziehungen gehört, die fast überall in den Oberklassen der Mädchengymnasien entstanden sind, vor allem im Süden und im Kaukasus? Auf meinen Reisen bin ich immer wieder jungen Mädchen begegnet, die mir den Sinn oder, wenn man so will, das Programm solcher Bünde erklärt haben. Eigenartig. Diese Mädchen – meistens sind sie ziemlich schlau – bilden sich ein, Russland müsse der Welt eine neue Ordnung verpassen und dafür zuallererst die festgefahrenen Ansichten in Frage stellen, die seit mehr als drei Jahrtausenden die Gesellschaften unterdrücken. Diese kleinen Nihilistinnen behaupten, die abwegigste und repressivste unter diesen Ansichten sei das Dogma der Jungfräulichkeit. Sie sagen nicht etwa: ›Aufgrund welchen Gesetzes sollte ein junges Mädchen unberührt in die Ehe gehen?‹ – damit würde man ihnen nicht gerecht, denn sie wollen ja genau nicht die Ehe ins Spiel bringen, über die sie längst ihr ablehnendes Urteil gefällt haben. Stattdessen sagen sie: ›Wie der Mann hat auch die Frau das Recht, über ihren Körper zu bestimmen. Wenn es ihr gefällt, darf sie damit experimentieren. Sie darf ihn zu ihrem Genuss und Wohlbehagen benutzen. Es gibt keine Liebesmoral.‹ Sehen Sie, die jungen Köpfe bauen sich schöne Theorien, aber das interessiert mich wenig. Ich wüsste nur gern, an welchem Punkt es im Konflikt zwischen Denken und Handeln zum Knall kommt. Ich habe gehört, gerade die klügsten von diesen Mädchen setzten, getrieben von einer aus dem Ruder gelaufenen Logik, ihre Ehre darein, sich ohne Liebe und sogar ohne Genuss hinzugeben, nur um sich zu beweisen, wie vollkommen unabhängig sie seien. Nur darin fänden sie die Gewissheit, die überkommene Moral nicht nur mit Worten, sondern auch mit Taten überwunden zu haben … Dieses Land hier ist wirklich das begeisterndste Experimentierfeld, das man sich vorstellen kann.«

»So weit, so gut«, erwiderte Natascha, »aber was ist, wenn eines dieser ach so klugen, verrückten Mädchen an einen richtigen Mann gerät – dann ist sie sofort seine Sklavin. Sie haben doch gerade vor Kurzem diese Erfahrung gemacht. Sie wissen darüber mehr als ich. Ich war ein unschuldiges Kind vom Land, als ich heiratete, und es ist mir nicht geglückt. Hätte ich eine Tochter, wie würde ich sie erziehen? Ich glaube, ich würde es auswürfeln. Ich sehe das alles nicht ganz so streng wie Sie. Das Leben ist so kompliziert, dass ich niemanden verurteile, der auf die Suche geht nach einer Lösung für all das Unheil.«

Hier muss berichtet werden, dass Konstantin Michail und Natascha sich stets nur bei einer gemeinsamen Freundin trafen. Bislang hatte er, trotz der freundschaftlichen Gefühle, die er für die junge Frau hegte, sie noch nie bei sich besucht, aus dem Bedenken heraus, wie leicht ihre Beziehung im Handumdrehen einen ganz anderen Charakter annehmen konnte. Er spürte, dass sich Natascha zu ihm hingezogen fühlte, und es war ihm eine angenehme Vorstellung, dass er, sobald der Kampf, den er mit Ariane austrug, heftiger und schmerzhafter würde und es am Ende zum Bruch mit seiner Geliebten käme, er im Arbat eine sichere Zuflucht finden werde.

Auch wenn er oft zutiefst verärgert über Ariane war, in Augenblicken des Zorns, den sie mit ihrem kalten Zynismus herauszufordern liebte, hatte Konstantin sich oft gefragt, wie er es aushielt, mit einem schon ganz verdorbenen jungen Mädchen zusammenzuleben, die bei allem Jugendzauber und brillantem Witz doch im Grunde ihrer Seele boshaft war. War es die eigenartige Faszination des Mannes durch das Unbekannte? War es die Angst vor dem Morgen, bemächtigte sich seiner der *horror vacui*? War sein Leben an den Punkt gekommen, an dem man zögert, das aufzugeben, was man hat, vor lauter Angst, nichts Besseres zu finden? Konstantin hatte sich diese Frage mehrfach gestellt. Doch jedes Mal bekam er durch die zunehmende Vertrautheit mit Natascha eine günstige Antwort. Morgen würde er, wenn er wollte, eine bezaubernde neue Geliebte haben. Und die Gewissheit, noch attraktiv zu sein, die sich ihm in Nataschas Gegenwart einstellte, gab ihm Zuversicht und Selbstbeherrschung in dem Machtkampf, der sich zwischen ihm und Ariane entsponnen hatte.

Aber, fragte er sich, wenn ich sie trotz ihrer Unverschämtheiten, trotz ihrer Boshaftigkeit, trotz des

Abscheus vor sich selbst, den sie auch mich manchmal spüren lässt, bei mir behalte, dann muss da zwischen uns noch ein starkes Band verborgen sein. Was für einen Zaubertrank hat mir diese junge Hexe bloß eingeflößt?

Gegenüber Natascha wollte er sich allerdings nicht festlegen und traf sie nur selten.

So war er über sich selbst verwundert, als ihm bewusst wurde, dass er im Schlitten vor dem Künstlertheater ohne zu überlegen die Adresse seiner zarten Freundin genannt hatte.

In den Erdgeschossfenstern des Hauses, in dem Natascha wohnte, war Licht. Er wurde von der Bediensteten in einen großen, mittelprächtig möblierten Salon geführt. Kurz darauf kam Natascha herein.

Sie trug einen langen weißen Morgenmantel und hatte ein buntes Tuch lässig um die Schultern geworfen. Ihr dunkles offenes Haar umgab ein klares Gesicht. Ihre braunen Augen mit Lachfältchen strahlten vor Freude. Sie streckte beide Hände nach Konstantin aus, trat auf ihn zu und sagte mit ihrer melodischen Stimme, deren sanften Klang er so mochte:

»Was für eine Überraschung, Sie hier zu sehen! Welcher Verwicklung verdanke ich, dass Sie mich zu Hause besuchen? Wenn Sie vorher angerufen hätten, hätte ich Ihnen einen würdigen Empfang bereitet und mir Ihnen zu Ehren das Haar gerichtet … Gehen wir, hier ist es so kalt und förmlich. Kommen Sie mit auf mein Zimmer.«

Sie nahm ihn bei der Hand und zog ihn in ein kleines Zimmer, dessen eine Seite ganz von einem großen Sofa ausgefüllt war. Gleich wurde der Samowar gebracht und begann in der Stille leise zu säuseln. Ein Tisch wurde gedeckt mit Konfitüre, Honig, Süßigkeiten und Obst. Natascha hatte neben ihrem Freund Platz genommen. Wenn sie sich vorbeugte, konnte er unter dem nur halb geschlossenen Morgenmantel die feste Form ihrer Brüste sehen. Ein leichter Duft drang zu ihm herüber. Er fühlte sich glücklich, entspannt, fern der täglichen Kämpfe, in der Luft lag eine zarte Kopfnote, die nicht einer sinnlichen Herznote entbehrte. Er hatte die Hand der jungen Frau genommen und führte sie immer wieder einmal an seine Lippen. Sie plauderten über dies und das. Natascha beobachtete ihn genau und stellte keine einzige neugierige Frage. Sie hatten kein Gefühl dafür, wie die Zeit verging. Zu fortgeschrittener Stunde zog Konstantin seine Freundin zu sich heran und umarmte sie. Er küsste sie auf den Nacken. Sie wehrte sich kaum.

»Was machen Sie da?«, meinte sie nur.

Und setzte mit tonloser Stimme hinzu:

»Ich habe Angst …«

XIV
Das kleine Haus in der Vorstadt

Als er wieder ins Hotel kam, war es schon spät. Ihm war beklommen ums Herz, wie vor nahendem Unheil.

Sie wird schon wieder da sein, dachte er, was wird sie gedacht haben, als sie mich nicht zu Hause vorfand?

Er öffnete die Tür zum Salon. Dort war kein Licht; nur ein Strahl fiel durch die angelehnte Tür. Er ging ins helle Esszimmer, dann ins Schlafzimmer. Ariane war nicht da. Auf dem Bett aber sah er ihre Mütze und ihren Pelzmantel, unordentlich hingeworfen.

Was ist passiert?, fragte er sich.

Eine schreckliche Angst erfasste ihn, wie besinnungslos befürchtete er das Schlimmste. Er lief ins Bad, niemand da. Er rief: »Ariane, Ariane.«

Keine Antwort. Er kehrte in den Salon zurück und machte Licht. Ariane lag auf dem Sofa, das Gesicht in ein Kissen vergraben, mit aufgelöstem Haar. Sie hatte sich in eine Schottendecke eingewickelt und wirkte so zusammengerollt wie ein zehnjähriges Kind, mutterseelenallein und in tiefster Verzweiflung.

Er kniete bei ihr nieder, wollte sie küssen. Sie wehrte ab. Er versuchte sie dazu zu bringen, dass sie sich zu ihm drehte.

»Lass mich in Ruhe, lass mich in Ruhe«, sagte sie, »geh weg!«

Da hob er sie hoch und versuchte, ihr in die Augen zu sehen. Doch sie barg ihr Gesicht an Konstantins Hals, und während er sie ins Schlafzimmer trug, fühlte er, wie heiße Tropfen an seinem Hals entlangliefen. Sie weinte. Er legte sie aufs Bett und begann, sie mit Küssen zu bedecken. Doch plötzlich richtete sie sich auf, brach in schallendes Gelächter aus und rief:

»Nicht schlecht geschauspielert, was meinst du?«

Er kam aus dem Staunen nicht heraus, als sie ihm mit Spott in der Stimme erklärte, sie könne auf Kommando echte Tränen vergießen, und sie würde, wenn ihre bescheuerte Familie sie nicht daran gehindert hätte, eine unerhörte Bühnenlaufbahn hingelegt haben.

»Wie konnte ich nur so schwach sein und nicht auf X… hören?«, jammerte sie, »er wollte mich zu sich und in die Lehre nehmen. Mein Debüt wäre am Künstlertheater gewesen, und heute wäre ich berühmt …«

Eine Stunde später schlief sie unversöhnt am äußersten Rand des Bettes ein. Doch am nächsten Morgen erwachte sie in den Armen ihres Geliebten.

Seit einiger Zeit beobachtete Konstantin, dass das Mädchen oft traurig wirkte. Manchmal verbrachte sie einen ganzen Abend, ohne zu reden, ohne zu lesen, zusammengekauert auf dem Sofa, in die große Decke gewickelt. Wenn er fragte, meinte sie nur:

»Ach nichts, denk dir nichts dabei.«

Oder sie sagte:

»Ich mache mir Sorgen, lass mich in Ruhe.«

Wenn er insistierte, verweigerte sie ihm jede Erklärung, ließ durchblicken, sie habe von zu Hause einen unerquicklichen Brief bekommen, und es seien schwierige finanzielle Dinge zu klären, die ihn nichts angingen. Indem er die losen Enden an Details, die er ihren verworrenen Antworten entnahm, mit der Erinnerung an einen Auftritt in den Krim-Ferien verband, versuchte er, sich zusammenzureimen, was sie wohl vor ihm verbergen wollte. Er ahnte eine rätselhafte und düstere Angelegenheit, bei der Geld eine Rolle spielte.

Und eines Abends erfuhr er die Wahrheit.

Den Tag über hatte Ariane sich geweigert, aus dem Haus zu gehen, war schweigsam und feindselig und hatte für Konstantin ein paar so hässliche Worte übrig, dass er, zutiefst verstimmt, sie im Hotel allein gelassen hatte und mit einem Freund zum Abendessen ausgegangen war. Er war nicht spät zurückgekommen. Den ganzen Abend hatte sie nicht einmal den Mund aufgemacht, sondern immer nur auf dem Sofa gelegen und Puschkin-Gedichte gelesen.

Sie hatten sich schlafen gelegt. Und jetzt war das Licht gelöscht, und sie lagen nebeneinander in dem schmalen Bett und versuchten einzuschlafen. Plötzlich glaubte Konstantin ein ersticktes Seufzen zu hören. Er hielt still.

Ariane wurde von kleinen Zuckungen geschüttelt, die sie vergeblich zu unterdrücken versuchte. Wieder überkam ihn das unerträgliche Gefühl von Beklommenheit. Noch einmal versuchte er einzuschlafen. Mehr als alles andere fürchtete er solche nächtlichen Auftritte. Wenn er Arianes freche Augen und ihren spöttischen Mund nicht sah, wenn er nur die Jugendfrische ihres Leibes fühlte, war er ihr wehrlos ergeben. Doch heute Abend konnte er unmöglich einschlafen. Das geahnte Unheil war nun unvermeidlich. So nahm er das Mädchen in den Arm und sagte:

»Was hast du?«

»Ich habe Kummer«, sagte sie und schmiegte sich an ihn.

Er bestürmte sie mit Fragen. Sie verweigerte jede Antwort.

»Nein, nein«, sagte sie, »ich kann nicht. Wenn ich dir die Wahrheit sage, liebst du mich nicht mehr; du würdest mich verjagen … Es ist einfach zu schrecklich.«

Diese Worte brachten Konstantin aus der Fassung.

Ach, dachte er, wahrscheinlich hat sie mich betrogen. In einem Augenblick der Wut, nach einer unserer unzähligen Streitereien, wird sie sich einem Mann in die Arme geworfen haben. Und jetzt drückt sie diese Last. Hätte ich doch nur die Kraft, ihr zuzuhören. Gott gebe mir den Mut, mich von ihr zu trennen und dieser Quälerei ein Ende zu machen. Soll sie doch reden, damit ich sie mir endlich von der Seele reißen kann.

Zerrissen von widersprüchlichen Gefühlen, voller Angst bei der Vorstellung, er könnte Ariane verlieren, wäre es ihm am liebsten gewesen, die entscheidende Erklärung noch gar nicht zu erfahren. Andererseits wollte er brennend gern die Wahrheit wissen. Er bemühte sich, seine Geliebte zu beruhigen und sie davon zu überzeugen, dass er die Nachsicht selbst sein werde und dass nur eine Lüge den Bruch unausweichlich machen würde. Als er sie schließlich so weit hatte, dass sie alles gestehen wollte, konnte sie vor Schluchzen nicht zusammenhängend erzählen. Er musste es sich zusammenreimen und nachfragen.

Es ging um Geld.

»Was glaubst du«, fragte sie ihn, »wovon ich hier lebe?«

»Keine Ahnung«, erwiderte er, »du hast immer abgewehrt, wenn ich das Thema ansprechen wollte … Vermutlich von dem, was dir deine reiche Tante gibt.«

»Von meiner Tante habe ich keine Kopeke angenommen«, stieß sie hervor.

Es folgte ein langes Schweigen.

Noch ein Anlauf, sagte sich Konstantin, vor Schmerz erstarrt, und ich weiß alles.

Schließlich erzählte sie in kurzen, mühsam hervorgebrachten Sätzen von den Auseinandersetzungen mit ihrem Vater und ihrer Tante im vergangenen Sommer, und dass sie den Ingenieur zu Hilfe gerufen hatte.

»Weißt du«, sagte sie, »ich hatte geglaubt, ich könnte mir meine Unabhängigkeit erkaufen, indem ich nichts von mir verschenke und meinen Körper verleihe. Der Zweck schien mir alle Mittel zu heiligen … Ich verkaufte mich ja nicht. Hätte ich mich verkauft, hätte ich ein Vermögen gemacht. Aber ich habe mir selbst den Rahmen von zweihundert Rubel monatlich gesetzt, mit denen ich als Studentin auskommen musste. Hätte ich eine Kopeke mehr angenommen, es wäre mir eine Schmach gewesen. So aber glaubte ich, ich könnte unabhängig bleiben …«

Nach und nach kamen die Einzelheiten klarer zum Vorschein; die Zahl der Begegnungen, die streng begrenzte Zeit, die sie in dem kleinen Haus in der Vorstadt verbrachte, dass sie sich verpflichtet hatte, in den Ferien zu einem bestimmten Datum nach Hause zu fahren. Das Furchtbare an ihrer Lage hatte sie erst erkannt, als sie Konstantin begegnet war; sie wollte nur noch ganz ihm gehören. Doch der andere dort erwartete sie. Sie musste ihre Schulden bezahlen und ihr Versprechen einlösen.

Nach zwei Stunden nächtlichen Gesprächs, bei dem es viel Tränen gab, flehte sie Konstantin an, er solle sie nicht in den Süden reisen lassen, oder aber sie sofort in die Wüste schicken, wie sie es eigentlich verdiente.

Konstantin war schreckensstarr. Der Abscheu nahm ihm den Atem. Ein Wort wollte ihm immer wieder auf die Zunge kommen, verhauchte aber auf den Lippen: »Was für eine Gemeinheit, was für eine Gemeinheit!« Die Sache hatte eine unüberwindliche Kluft zwischen ihnen aufgerissen. Wie würde er, wenn er sie das nächste Mal in die Arme schloss, vergessen können, dass sie sich den Zärtlichkeiten eines Irren überlassen hatte? Zwischen ihnen war alles aus. Und doch ging ihm die Seele über vor Mitleid. Arianes Fehltritt war nur eine Fehleinschätzung. Im Herzen hatte sie nicht gesündigt. Sie war ihm näher als je zuvor – und das in der Stunde, wo sie er sie verlassen würde.

Von einer Bewegung ergriffen, die er nicht beherrschen konnte, drückte er sie an sich, liebkoste sie und versuchte sie in ihrem Schmerz zu trösten. Er wollte etwas zu ihr sagen, fand aber nur die Worte: »Armes Kleines! Mein Herzenskind!«, und dann lagen sich die beiden Liebenden weinend in den Armen, bis die Müdigkeit ihnen die Kräfte nahm und im Morgengrauen schließlich der Schlaf sie übermannte.

XV
Und weiter

In der Nacht, die auf das Geständnis seiner Geliebten folgte, knüpfte Konstantin, als sie das Licht ausgemacht hatten, an das Gespräch vom Vortag an. Mit leidlich gespielter Gleichgültigkeit sagte er:

»Du warst wohl nicht mehr Jungfrau, als du voriges Jahr diese Verabredung getroffen hast?«

Etwas in ihr begehrte auf, doch sie beruhigte sich gleich wieder:

»Nein«, sagte sie leise.

»Hattest du zu der Zeit einen Liebhaber?«

»Ja.«

»War er dein erster?«

»Lass mich, das geht dich nichts an«, erwiderte sie bissig.

Konstantin, innerlich bebend, sagte unterkühlt:

»Du weißt genau, dass du mir jetzt nichts mehr verheimlichen kannst. Und ich kann nicht weiterleben, wenn ich nicht die ganze Wahrheit erfahre. Sag mir noch eines: War dein Liebhaber damals dein erster?«

»Nein«, war ihre Antwort, »nein.«

Konstantin zuckte nicht mit der Wimper. Aber jedes Wort, das Ariane sprach, drang in ihn ein wie ein Messerstich. Im Kopf zählte er mit: Also vier Liebhaber: der erste, unbekannt; der zweite, zu jenem Zeitpunkt aktuell; der dritte, ein Bankier; der vierte, ein Schauspieler am Künstlertheater. Und dann all die, von denen ich nichts weiß, aber über die ich noch etwas erfahre, ehe ich sie verlasse. Sie ist achtzehn. Sie hat nichts anbrennen lassen. Sie hat ihren Lebensunterhalt verdient. Ein hinreißendes Mädchen, aber eben auch ein leichtes.

Doch im Dunkeln, den Arm um Arianes schlanken Leib gelegt, redete er weiter, mit unbeteiligter, tonloser Stimme. Er setzte alles daran, sich selbst zu quälen, fast so, als wollte er herausfinden, wie viel Leid er ertragen konnte. Oder er sah sich als Chirurg, der, besessen davon, einen schwierigen Sachverhalt zu erkennen, mit scharfem Skalpell eine gefährliche Operation am eigenen Leib vollzieht.

»Was ich nicht ganz verstehe«, sagte er, »es gibt da ein paar undurchsichtige, aber interessante Dinge. Erklär mir die doch bitte. Als du in dem kleinen Haus in der Vorstadt gewesen warst, hast du danach mit deinem damaligen Geliebten Schluss gemacht? Oder hast du gefunden, dass es dein Recht war, am selben Tag wieder zu ihm zu gehen?«

»Wie kannst du so eine Frage stellen?«, sagte Ariane ärgerlich, »... ich war krank, als ich aus dem Haus in der Vorstadt kam. Ich ging nach Hause zu meiner Tante. Ich hatte Schüttelfrost ... Olga Dimitriewna brachte mich ins Bett. Sie bedeckte mich mit Küssen ... Pascha brachte mir Tee. Sie weinte, ohne zu wissen warum ... Bitte, bitte frag mich nicht mehr danach«, setzte sie hinzu, »ich muss das vergessen ...«

Es war kurz vor Weihnachten, und Ariane machte keine Anstalten, Moskau zu verlassen. Am übernächsten Tag sah Konstantin ein geöffnetes Telegramm auf der Handtasche des Mädchens liegen.

Mechanisch nahm er es zur Hand. Es enthielt nur die Worte:

Wann kommen Sie? Sie haben sich bei der verabredeten Zeit verspätet.

Ariane war nicht zu Hause. Er knüllte das Telegramm zusammen und warf es in den Papierkorb.

Weihnachten! Ja, ihr Vertrag sah vor, dass sie die Ferien bei dem verbrachte, von dem sie als von ihrem Bankier sprach. Und sie hielt sich nicht an die Verabredungen. Bei der Vorstellung, dass sie ihn verlassen und sich zu dem kleinen Haus in der Vorstadt begeben könnte, musste er die Zähne zusammenbeißen.

Er sah sie vor sich, wie sie in der Dämmerung hinging; gleich würde sich die Tür auftun. Sie würde hineingehen, würde das Armband abstreifen, das er ihr angelegt hatte. »Es ist sechs Uhr«, würde sie sagen (sie hatte ihm keine Einzelheit dieser Begegnungen vorenthalten). Vor Wut und Abscheu stockte ihm der Atem. Aber warum, wo er doch dabei war, sich von ihr zu trennen, hatte er sie in Moskau festgehalten? War er einer Mitleidsregung gegenüber der Verzweiflung des jungen Mädchens erlegen? Was für eine eigenartige Schwäche ließ ihn das Ende ihrer Beziehung noch um ein paar Tage hinauszögern? Hatte er nicht genug gelitten? Er musste an die unwiderstehliche Macht denken, mit er sich eines Abends wieder zur Baronin Korting hingezogen fühlte. Dass er nicht bei dieser bezaubernden Frau geblieben war! Er war zu Ariane zurückgekehrt, sie waren zusammen auf die Krim gereist. Sogar in New York, so weit von ihr entfernt, hatte es ihn vor Freude geschaudert bei dem Gedanken, dass seine Arbeit ihn wieder nach Moskau führen würde. Und dann dieser lange Winter voll grausamem Streit, voll gnadenlosem Nahkampf.

Und nun war das Maß voll. Sein Entschluss stand fest. Er hätte sie noch ein paar Tage behalten können, doch er spürte deutlich, dass er, seit er von der Geschichte des kleinen Hauses in der Vorstadt wusste, nicht mehr mit ihr würde zusammenleben können. Er war in Gedanken schon dabei, den Anlass für eine Reise nach Sankt Petersburg zu konstruieren. Er würde allein fahren und nicht wiederkommen. Noch ein wenig Geduld, die nötige Zeit, um seine Sachen zu regeln, ein paar Wochen vielleicht? Was war schon daran, er würde warten können. Und überhaupt: Was hatte er noch zu befürchten?

Wegen Ariane jedenfalls würde er keine Schmerzen mehr leiden.

XVI
Ein Abendessen

Am Silvesterabend gingen sie zusammen außerhalb von Moskau essen, ins God. Ariane trank Champagner und wurde vergnügt. Auf dem Podium sang ein Zigeunerchor eigenartige Melodien in stampfenden Rhythmen. Ihre schnarrenden Stimmen klangen nach pfefferscharfem und fieberndem Orient. Um Mitternacht reichte Ariane Konstantin ihr Glas und nahm das seine.

»Mit wem du wohl nächstes Jahr zu Silvester isst?«, sagte sie, »und mit wem ich? Egal, stoßen wir drauf an!«

Sie leerte das Glas.

Lange blieben sie in dem großen Speisesaal sitzen, inmitten des Stimmengewirrs der anderen Gäste und des Getöses der Kapelle. Ariane schien nicht wahrzunehmen, was um sie herum geschah, all die Küsse, die um Taillen gelegten Arme, und erzählte in unendlicher Anmut Geschichten aus ihrer wunderbaren Kindheit und wie sie die Welt allmählich entdeckt hatte.

Konstantin, zu ihr herübergebeugt, hörte ihr zu. Und als sie zu Ende gesprochen hatte, sagte er:

»Ich wäre dir gern damals begegnet. Ich hätte dich entführt. Sehr kluge alte Frauen und ungefährliche, aber hochgebildete Männer hätten dich in der Provinz großgezogen. Sie hätten dich Tanzen und Singen gelehrt und in Rhetorik und Poesie unterrichtet. Wie Esther hätten sie dich drei Jahre lang in Spezereien eingeweicht, und als ganz erwachsen Gewordene hätten sie dich in einem Festzug zu mir an mein Lager geführt.«

Mit ihrem unnachahmlichen Zucken der linken Schulter sagte sie:

»Und du glaubst, du hättest dich in mich verliebt, wenn ich anders wäre, als ich bin? Du hättest mich als Erster besessen – was für ein Vorzug! – und du hättest mich ganz bald verlassen!«

Sie brachen auf. Es war eine kalte Nacht mit heftigem Frost. Sie stiegen in einen Schlitten und fuhren im Windschatten des breitschultrigen Kutschers mit seiner dick gepolsterten Tulupe aus Schaffell zügig Richtung Moskau. Ariane schmiegte sich eng an Konstantin.

»Ich glaube, ich bin ein bisschen betrunken«, sagte sie, »voriges Jahr war ich an diesem Tag auf dem Land. Wir haben zu Abend gegessen und ich habe, wie heute, zu viel Champagner getrunken. Aber du warst nicht da, um auf mich aufzupassen …«

Konstantins Hände verkrampften sich. Wieder peinigte ihn der krankhafte Wunsch, endlich zu erfahren, was Ariane ihm noch zu offenbaren hatte. Er beugte sich zu seiner Geliebten hinüber und sagte mit sanfter Stimme:

»Der Champagner entschuldigt vieles. Wenn deine Geschichte lustig ist, erzähl sie mir.«

»Nein, ich werde dir nichts erzählen«, erwiderte sie, »du verstehst mich nicht. Und du bist so entsetzlich streng mit mir.«

Den Rest des Weges bis zum Hotel schwiegen sie sich an. Konstantins Nerven lagen wieder einmal blank.

Beim Tee nahm er Ariane auf den Schoß und begann, sie auszuziehen, liebkoste sie, scherzte und lachte. Dann kam er wieder auf seine Obsession zurück und er sagte:

»Gesteh mir alles, du kleines Scheusal. Wie du von dir erzählst, ist wirklich unübertrefflich.«

»Es gibt Augenblicke«, sagte das Mädchen, »da denke ich, ich bin verrückt … Vom Verrücktsein spricht man nicht. Ein Narr ist überzeugt, dass alles, was er sagt und tut, einer exakten Logik folgt. Was dahinter verborgen liegt und ihn in Wahrheit antreibt, wissen wir nicht. Wir sehen nur sein Handeln und erklären es für ungeordnet, dabei gehorcht es auch einer inneren, vielleicht sogar unbestechlicheren, jedenfalls aber anderen Logik, die wir nicht beurteilen können ...«

»Oh, die kleine Philosophin!«, sagte Konstantin scherzhaft. Aber er fühlte sich dabei wie das Opferlamm, das darauf wartet, dass der Priester zustößt.

»Gewiss«, versetzte Ariane ernst, »ist unsere Logik brüchig. Wir handeln meist nach einem bestimmten Muster. Wir trauen uns etwas zu, und etwas anderes nicht. Ein Glas Champagner zu viel ... und schon sind wir wie verwandelt ... Wir aßen an Silvester im Hotel London zu Abend, lauter junge Leute. Zigeunerinnen wie heute, viel Wein, und dann diese Stimmung bei uns zu Hause, die du nicht kennst, und die Unterhaltungen, die einen noch trunkener machen als der Wein. Es war schon nach Mitternacht ... Da betritt der schöne Doktor Wladimir Iwanowitsch den Festsaal. Kommt auf uns zu, setzt sich neben mich, schaut mir in die Augen und hebt sein Glas auf das neue Jahr, das ihm, wie er sagte, Glück bringen werde. Ich verstand, woran er dachte, und erwiderte, heftig getrieben von einer verborgenen Macht: ›Auf das neue Jahr!‹ Schon als er sprach, spürte ich, dass ich gleich einer Versuchung erliegen würde, die ich mir immer vom Leib gehalten hatte, die mir jetzt aber unwiderstehlich vorkam. Seit zwei Jahren schon lobte Tante Warwara in langen Gesprächen mit mir den Doktor über den grünen Klee. Was für ein Übermensch! Im Verzeichnis ihrer achtzehn Liebhaber stach er als einzigartig hervor. Alle vorigen waren Propheten dieses neuen Messias gewesen. Irgendwann hatten die Hymnen auf den schönen Doktor meine Neugier gereizt. Nicht dass ich in ihn verliebt gewesen wäre, aber ich fragte mich doch, was für außerordentliche Qualitäten Wladimir Iwanowitsch besitzen mochte. Es ist nicht klug, die Neugier einer Frau zu wecken – und wenn dieser Teufel sie einmal reitet, ist sie zu allem in der Lage. Ich musste an die Geschichte von der Büchse der Pandora denken … Der Doktor war, wie gesagt, rasend in mich verliebt. Hätte er mich völlig ignoriert, so wäre ich wohl versucht gewesen, seine Aufmerksamkeit auf mich zu ziehen. So aber trieb mich die reine Neugier. Ich schlug mich mit der Frage herum, aus welchen Gründen ich mich dagegen wehren sollte, einen Versuch mit Wladimir Iwanowitsch zu wagen. Was mochte an diesem Mann dran sein, den meine Tante als so außerordentlich darstellte? Warum sollte ich nicht bei diesem unvergleichlichen Liebhaber in die Lehre gehen? So überlegte ich hin und her, und doch hielt mich irgendetwas davon ab. … Die Sorge, meiner Tante wehzutun, war es nicht. Sie würde von einer kurzen Affäre nichts mitbekommen … Es wäre nicht anders, als wenn ich dich einmal betrügen würde. Du würdest es nicht erfahren, du würdest nicht darunter zu leiden haben … Aber es hatte etwas Abstoßendes, mit ihr einen Geliebten zu teilen … Außerdem war ich höchst angenehm anderweitig vergeben. Kurz und gut, ich hielt den Doktor auf Abstand. Und an diesem Abend nun, als er seinen Champagner trank, war plötzlich jedes andere Gefühl in mir verschwunden, mit Ausnahme der Neugier. Sofort sagte ich mir: ›Wie dumm von mir. Was ist schon dabei? Gar nichts, wirklich gar nichts. Habe ich etwa kein Recht, zu tun, was ich will, und endlich das wunderbare Geheimnis zu erfahren?‹ Bitte, bitte mach dir klar, dass ich kein bisschen verliebter war als zuvor. Ich betrachtete Wladimir Iwanowitsch mit denselben Augen wie gestern. Nur die Logik meines Handelns war neu, und das veränderte alles. Den Rest des Abends war ich unfreundlich zu ihm, erst recht, weil er nun eine höchst ärgerliche Selbstgewissheit an den Tag legte, die ihn meine frechen Bemerkungen mit einem schrägen Lächeln quittieren ließ. Ich hätte ihn ohrfeigen wollen … Kurz und gut, als wir aufbrachen, nahm er mich meinem Tischherrn weg und begleitete mich zu seinem Schlitten. ›Ich gehe zur Landstraße‹, sagte ich. ›Gut, nehmen wir die Landstraße‹, sagte er, zum Kutscher gewandt. Und schon glitten wir durch die klirrend kalte Nacht, ich halb in seinen Armen liegend, wie es sich gehört. Ich war benommen und doch hellwach und bei klarem Verstand. Mit größter Anteilnahme sah ich mir wie von außen zu. Ich glaubte einem Schauspiel beizuwohnen. Er redete nicht. Das einzige Wort, das er sagte, war an den Kutscher gerichtet, als wir schon ein paar Werst auf der Landstraße zurückgelegt hatten: ›Zu mir nach Hause.‹ Ich hörte es und widersprach nicht. Wir kamen an. Er hat neben dem Haus eine kleine Wohnung, wo er seine Patienten empfängt. Wir gingen hinein … Ah, wie schön warm es war in diesem Salon! Ich sagte etwas und war vom Klang meiner Stimme überrascht … Es war allzu hell.«

Hier unterbrach Ariane ihren Bericht. Konstantin hatte den Eindruck, dass sie sehr blass war.

»Drück mich doch nicht so, ich bekomme ja kaum Luft«, sagte sie und versuchte sich von ihm loszumachen.

Ihm wurde bewusst, dass sein Arm tatsächlich Arianes zarte Brust fast im Würgegriff hielt.

Er lockerte seinen Griff. Dann war Stille.

»Und dann?«, fragte er.

»Und dann«, sagte sie, »dann kam, was kommen

musste … und ich erfuhr, dass Wladimir genau so mittelmäßig war wie all die anderen – außer dir natürlich«, setzte sie mit einem ironischen Lächeln hinzu, »und dass meine Tante …«

In diesem Augenblick stieß Konstantin sie so gewaltsam von sich, dass sie auf den Fußboden fiel und sich den Kopf an einem Tischbein stieß. So blieb sie liegen, ein kleines unförmiges Etwas, das sich unter Schluchzen rhythmisch hob und senkte.

Konstantin machte ein paar zögernde Schritte, dann nahm er Pelzmantel und -mütze und ging hinaus, die Tür knallte er laut hinter sich zu.

Erst morgens um sechs kam er wieder. Ariane lag auf dem Sofa, nur mit einem Schal zugedeckt. Sie schlief.

»Komm, leg dich schlafen«, sagte er mit harter Stimme.

Sie tat, als wehre sie sich. Er zog sie ruppig am Arm. Sie gab nach und ging ins Schlafzimmer. Ohne ein Wort schliefen sie nebeneinander ein. Kaum ein paar Zentimeter waren zwischen ihnen, doch es wirkte wie ein unüberbrückbarer Abgrund.

XVII
Iuvenilia

Konstantin musste seiner Arbeit wegen noch ein paar Wochen bleiben, und in dieser Zeit setzte sich das gemeinsame Leben mit Ariane fort. Er merkte, dass er zu schwach war, um mit ihr Schluss zu machen, ohne gleich danach Moskau zu verlassen. Am Tag des unvermeidlichen Bruchs würde er die Stadt verlassen und sich nach Sankt Petersburg flüchten müssen.

Da er die Wesensart des Mädchens und ihre auf die Spitze getriebene Selbstliebe kannte, war ihm klar, dass er nur seinen Wunsch, die Sache zu beenden, einmal aussprechen müsste und sie ihn dann sofort verlassen würde. Dieses stolze Mädchen wäre im Extremfall imstande, sich noch am Tag des Bruchs einen neuen Geliebten zu nehmen, um jede Rückkehr unmöglich zu machen. Sie würde nicht schreiben, sie würde nicht anrufen, sie würde ihm nicht nach Sankt Petersburg nachreisen.

Während sich der Entschluss, sie zu verlassen, weiter in ihm festigte, lebte er in unveränderter Nähe mit ihr zusammen. Doch sein Blick auf sie war der auf jemanden, mit dem man eng verbunden war und den man bald verliert. Als der Zeitpunkt gekommen war, hatte sich der Verlustschmerz in ihm schon abgemildert, so dass er sanfter zu ihr sprechen konnte. Er erregte sich nicht, war nicht mehr grob zu ihr, er hatte die eisige Trockenheit abgelegt, die er wie einen Schutzpanzer gegen sie getragen hatte. Sie führten nun lange Gespräche ohne Streit. Beide vermieden gefährliche Themen, ärgerliche Fragen, Stichwörter, aus denen Funken stieben konnten.

Öfters wollte er von ihr die Geschichten aus ihrer leidenschaftlichen Kindheit hören.

Eines Abends sagte er, lachend, als hätte sie eine unpassende Bemerkung gemacht:

»Wie schlecht erzogen du doch bist, Mädchen!«

»Das stimmt nicht«, erwiderte sie, »ich bin überhaupt nicht erzogen. Wenn es dich freut, erzähle ich dir, wie sich meine Kindheit abgespielt hat. Als ich klein war, hatten wir für den Winter eine Wohnung in Rom. Meine Mutter war eine schöne, elegante, umworbene Frau. Ich wurde im Hintergrund gehalten zusammen mit meiner Kinderfrau, einer Französin, Mademoiselle Victoire. Sie war ein altes Mädchen in den Vierzigern, fromm und gut, nicht besonders helle und Opfer all meiner Launen. Schon als Kind war ich ein kleines Wunder, denn ich hatte ein so gutes Gedächtnis, dass ich einen Text nach einmal Lesen auswendig konnte. Und da sich niemand darum kümmerte, womit ich meine Zeit verbrachte, kannst du dir vorstellen, wohin das führte. Mit vier hatte ich fast ganz allein Lesen gelernt. Ich erinnere mich noch, dass mir einmal ein Chemiebuch in die Hände fiel. Ich lernte die erste Seite, und eines Tages bei Tisch mit mehreren Gästen fragte mich mein Pate aus. Da konnte ich meine Chemieseite aufsagen, ohne ein Wort auszulassen. Natürlich verstand ich nichts von alledem, die anderen aber genauso wenig … und sie waren platt vor Bewunderung. Lobesreden ohne Ende. Meine Mutter, die sich nicht viel um mich kümmerte, war ganz stolz darauf … Auch später, wenn im Salon Besuch war, wurde ich geholt. Mademoiselle Victoire zog mir ein weißes Kleid mit einem schönen Gürtel an, machte mir eine hübsche Frisur, und so trat ich auf. Ich musste Fabeln aufsagen. Die Damen küssten mich ab, die Herren fragten mich aus. Kaum etwas Widerlicheres gab es für mich als die Küsse dieser gepuderten Frauen. Wenn sie mich mit den Händen packten, sagte ich: ›Bitte kurz, nicht auf die Lippen, und machen Sie mich nicht nass.‹ Da mussten diese Dummköpfe immer lachen. Bald fand ich es erniedrigend, wie ein gelehriges Hündchen vorgeführt zu werden. Ich weigerte mich einfach, im Salon zu erscheinen. Große Aufregung. Mein Pate kam und wollte mich holen, aber sein Flehen und Drohen war umsonst. Ich hielt mich an meinem Bett fest, und als er mich packen wollte, schrie ich durchs ganze Haus. So ließen sie mich in Ruhe, und ich führte mein Leben mit Mademoiselle Victoire. Wir machten lange Spaziergänge, und ich zeigte ihr die schmutzigsten Viertel von Rom. Das arme Mädchen hatte Angst, flehte mich an, wir sollten nach Hause gehen, bekreuzigte sich immer häufiger und zerrte mich in die nächstbeste Kirche, an der wir vorbeikamen. Dort betete sie, um zur Ruhe zu kommen, und zündete eine Kerze an, während ich durch die Kirche lief und mir die Zeit vertrieb, indem ich in den Seitenschiffen auf einem Fuß von Fliese zu Fliese hüpfte.

Später, als ich zehn oder zwölf war, nutzte meine Mutter mich aus. Sie hatte richtig vermutet, dass ich für meinen Vater nur Verachtung übrig hatte und dass ich sie, auch wenn es keinerlei Vertrautheit zwischen ihr und mir gab, doch nie verraten würde.

Warum hatte ich diese Gefühle gegenüber meinem Vater? Ich sah ihn selten, denn er war immer auf Reisen. Ich erinnere mich, schon als ganz kleines Kind gespürt zu haben, dass er mich nicht mochte. Er hatte eine komische Art, mich anzusehen. Er war sehr freundlich, aber er behandelte mich wie eine Puppe.

Mir gegenüber sprach er von meiner Mutter immer von ›der Kleinen‹: ›Die Kleine ist sehr klug … Die Kleine ist ganz schön neugierig …‹ usw. Er schimpfte mich nie, er war eher wie ein Fremder, der ein paar Monate im Jahr bei uns wohnte. Einmal wurde ich Zeugin einer schlimmen Auseinandersetzung zwischen meiner Mutter und ihm. Er war überraschend aus Sankt Petersburg zurückgekommen. Irgendetwas missfiel ihm zu Hause, ich weiß nicht, was. Doch bei Tisch regte er sich über ein Wort meiner Mutter auf und überhäufte sie mit Vorwürfen. Sie antwortete kühl. Da stand er auf, warf seine Serviette hin und sagte: ›Ich gehe, und komme nie wieder.‹ – ›Gute Reise‹, war ihre ganze Anwort. Er gab mir einen Kuss und ging. In diesem Augenblick empfand ich eine gewisse Achtung für ihn. Ich fand, er habe sich als Held betragen … Am selben Abend noch reiste er nach Paris ab. Nie hatte ich so viel an meinen Vater gedacht wie danach. Er hatte nicht nachgegeben, er hatte getan, wozu er entschlossen war. Zwei Wochen lang war ich voller Bewunderung für ihn … Und dann fand ich ihn eines Morgens im Schlafzimmer meiner Mutter auf der Bettkante sitzen. Er war in der Nacht angekommen. Als ich hereinkam, schien ich sie zu stören. Sie lachten beide laut, und meine Mutter spielte mit einer Perlenkette, die er ihr mitgebracht hatte. Seit jenem Tag hatte ich nur noch Verachtung für ihn übrig …

Doch das ist jetzt nicht wichtig, ich wollte dir ja erzählen, wie meine Mutter mich für sehr undurchsichtige Dinge einsetzte, über die sie mich völlig im Unklaren ließ.

Ich war schon größer. Wir verbrachten den Winter in Cannes und bewohnten eine Villa in La Californie. Vormittags ging ich zu einem Lehrgang. Mademoiselle Victoire begleitete mich hin, aber nach Hause fuhr ich allein mit der Straßenbahn, denn ich wollte nicht ständig unter der Fuchtel der guten Victoire sein … Mama war, zu meinem Erstaunen, mit dieser Regelung einverstanden gewesen. Sie trug mir kleine Besorgungen auf. Ich war stolz, mit zwölf meine Unabhängigkeit erlangt zu haben. Eines Tages sagte meine Mutter:

›Geh doch bitte bei der Post vorbei und frag, ob etwas unter dieser Nummer eingelaufen ist.‹

Sie reichte mir einen Zettel, auf dem ich lesen konnte: ›X.B. 167 postlagernd‹. Nach dem Unterricht ging ich zur Post und zeigte am Schalter meinen Zettel. Der Beamte, ein alter Mann mit Brille, sah mich an, zuckte die Schultern und brummelte ein ›So ein Pech!‹, griff in einem Fach nach einem Bündel Briefe, entnahm diesem einen und warf ihn mir übelgelaunt hin. Ich brachte ihn Mama und bekam von ihr einen Kuss und Schokolädchen. Dies wiederholte sich in regelmäßigen Abständen. Nie sagte sie, dass man nicht über diese Postbesorgungen sprechen dürfe, aber ich spürte genau, dass es da ein Geheimnis zwischen uns beiden gab. Wenn mein Vater in ihrer Nähe war, wenn ich mit einem Brief nach Hause kam, hütete ich mich, ihn ihr zu geben.

An einem Frühlingstag stand, als ich in der Post auf den Schalter zusteuerte, plötzlich mein Vater vor mir.

›Was machst du denn hier?‹, fragte er mit schmeichelnder Stimme.

Wut stieg in mir auf. Ich ahnte sofort, dass er mir aufgelauert hatte und dass er einen Verdacht hegte. Doch im selben Augenblick begriff ich, dass er einen taktischen Fehler gemacht hatte. Hätte er zwei Minuten länger gewartet, so hätte er mich ertappt. Ich dachte nur: ›Wie dumm von ihm! Aber es ist ja nicht verwunderlich‹, und antwortete:

›Ich kaufe Briefmarken.‹

›Aber zu Hause sind doch welche‹, sagte er mit deutlich härterer Stimme.

›Für dich und Mama sicher, aber für meine Brieffreundschaften kaufe ich mir die Marken selber.‹

Er bekam nichts aus mir heraus. Und Mama erzählte ich nicht von diesem Vorfall. Wie hätte ich die Sprache darauf bringen können? Zwischen uns war keinerlei Nähe, nur eine stumme Übereinkunft.«

Sie hielt inne, nahm einen Schluck Tee, steckte sich eine Zigarette an.

Konstantin war schweigsam und bedrückt. Sie sah ihn an und sagte:

»Willst du noch etwas hören, um mein Verhältnis zu meiner Mutter zu verstehen? Ein Jahr vor ihrem Tod waren wir in Rom, ich war gerade dreizehn. Mein Italienisch war in Wort und Schrift genauso gut wie mein Russisch. Eines Tages kam meine Mutter zu mir in mein Zimmer. Sie wirkte befangen, als sie mir einen von ihr auf Italienisch verfassten Brief reichte.

›Hör zu, meine Kleine‹, sagte sie, ›bitte korrigiere mir diesen Brief hier. Zusammen mit einem Freund arbeite ich an einem Briefroman auf Italienisch. Aber ich bin da nicht so sicher wie du. Du musst mir bitte helfen, wenigstens bei den Grammatikfehlern!‹

Sie ging weg, und ich las den Brief. Es war ein völlig verrückter Liebesgesang, in dem die Heldin die Trunkenheit längst vergangener Stelldicheins heraufbeschwor und darum flehte, er möge ihr noch eines gewähren … Das Werkchen war voller Fehler. Ich brachte meine Korrekturen an und gab es am Abend meiner Mutter zurück, ohne ein Wort. Sie bedankte sich und sprach von etwas anderem. Du kannst dir vorstellen, dass ich auf ihre Geschichte nicht hereingefallen war … Ich erinnerte mich an einen Marineoffizier, der oft bei uns zu Besuch gewesen und dann verschwunden war … So also wurde ich großgezogen, Herr Kritiker. Ich erwarte nun Ihre Anmerkungen …«

Konstantin seufzte und schwieg.

XVIII
Im Arbat

Im Verlauf der Krise, die er durchmachte, begab sich Konstantin öfters zu seiner Freundin Natascha. Er mied die Gewitterstimmung im Hotel National und flüchtete sich in eine andere Welt, wo alles Ruhe, Lust und Seligkeit war. Es kam ihm so vor, als könnte er nicht leben ohne das anhaltende melancholische Lächeln seiner Freundin. In ihrer Gegenwart erschien ihm der unmittelbar bevorstehende Bruch mit seiner Geliebten, vor dessen Schmerz ihm graute, ein wenig leichter.

Er aß mehrmals bei ihr und verheimlichte dies Ariane keineswegs. Seit er zum Bruch entschlossen war, hatte sich seine Sprechweise Ariane gegenüber geändert; er redete unverbindlicher und machte keinen Hehl aus seinen häufigen Begegnungen mit der jungen Frau. Ariane hörte ihm ungerührt zu.

»Ich nehme mir die Freiheit«, sagte sie, »und gehe mit einem Freund ins Künstlertheater.«

An den Abenden im Arbat saßen er und Natascha auf dem Sofa beieinander und plauderten, während am Tisch nebenan der Samowar leise säuselte. Natascha war oft schweigsam. Sie beobachtete Konstantin Michail genau. Mal kam er mit verstörter Miene bei ihr an, überreizt, übermüdet und voller zynischer Bemerkungen, mal war er heiter, liebenswürdig, beherrscht. Sie ahnte, dass sich in ihm etwas abspielte, wovon sie nichts mitbekam. Nie sprachen sie von Ariane. Infolge einer stummen Übereinkunft kam sie nicht vor. Aber in den Gedanken beider war sie stets präsent. In diesen ruhigen Stunden nahm Konstantin seine Freundin manchmal in den Arm und legte seine Lippen an ihre Schulter. Sie wehrte sich nicht; sie ergab sich seinen gefährlichen Liebkosungen. So ließ sich ein schwebender Zustand angenehm in die Länge ziehen, in dem Konstantins Zögern und die Schüchternheit der jungen Frau gleichermaßen auf ihre Kosten kamen.

Entsprechend groß war Konstantins Überraschung, als Natascha ihn eines Abends geradeheraus fragte:

»Lieben Sie Ariane Nikolajewna?«

Das war wenige Tage nach dem Abendessen im God und Arianes Bericht von ihrem Besuch beim Doktor Wladimir Iwanowitsch. Konstantin war noch ganz aufgewühlt davon.

Bei der Frage zuckte er zusammen. Es war, als wäre die Stimme eben das Echo seines Gewissens.

Er dachte kurz nach, und als er sich durchgerungen hatte, sagte er mit großer Klarheit:

»Nein, lieben tue ich sie nicht … Ich habe mit ihr zusammengelebt, ich hänge an ihr, denn sie ist ein wunderbar begabtes Mädchen, voller Esprit und Leidenschaft. Aber aus verschiedenen Gründen, die ich Ihnen nicht erklären kann, denn ich bin mir nicht sicher, ob ich selber sie verstehe, versucht sie mit unbeugsamem Willen und diabolischen Kunstgriffen alles, um das Entstehen einer Liebe zwischen uns zu verhindern. Vielleicht liebt sie mich ja, aber sie würde lieber sterben, als mir das zu erkennen zu geben … Ich hätte mich in sie verlieben können, sie wollte das nicht. So bin ich entschlossen, sie zu verlassen. Unsere Trennung steht unmittelbar bevor, deshalb kann ich nicht darüber sprechen. Sie wird wieder ein Leben der Abenteuer und Erfahrungen aufnehmen, die ich nicht als romantisch bezeichnen kann, denn es hat wohl nie ein kälteres Herz und einen in seiner Verrücktheit klareren Kopf gegeben – und das alles getragen von heftigster Sinnlichkeit … Bald bin ich frei«, sagte er und beugte sich zu Natascha herüber, »liebe Freundin, verlangen Sie heute nicht mehr von mir. Ich fahre nach Sankt Petersburg. Wenn ich zurück bin, erlauben Sie, dass ich mich bei Ihnen zum Abendessen einlade.«

XIX
Das Schulmädchen

In früher Morgenstunde hatte er sich von Natascha verabschiedet. Den Weg vom Arbat zum Hotel legte er zu Fuß zurück. Ihr Gespräch hatte ihn in seinem Beschluss, den Bruch mit Ariane voranzutreiben, bestärkt. Indem er die Gedanken, die ihm unaufhörlich durch den Kopf spukten, einmal ausgesprochen hatte, war ihm klar geworden, dass er die Sache so rasch wie möglich beenden musste. Wieder und wieder kam ihm hoch, was er an Ariane auszusetzen hatte. Wie sollte er noch weiter mit einem boshaften, zynischen Mädchen zusammenleben, die sich einen Spaß daraus machte, ihn zu quälen und kleinzumachen, und für die er letztlich nur eine Nummer in einer langen Reihe war? Und die bei diesem hässlichen Werk unerhört geschickt und mit subtiler Grausamkeit ihre Giftpfeile abschoss. Auf seinem Fußweg kam er nach und nach zu dem Ergebnis, dass er Ariane, die er nur noch in den dunkelsten Eigenschaften sah, nun regelrecht verabscheute.

In der Hotelsuite brannte überall Licht. Niemand in den vorderen Zimmern. Erst im Bad fand er Ariane und blieb gebannt stehen, überrascht, wie sehr sich ihr Anblick von dem Bild unterschied, das er auf dem Heimweg von ihr gezeichnet hatte.

Sie trug ein weites Schulmädchenhemd, das die Beine halb bedeckte. Ihr Haar war offen und reichte ihr bis ins Kreuz. Sie sah aus wie eine vorzeitig in die Höhe geschossene Vierzehnjährige, mit lebhaften Augen und einem schon zum Küssen bereiten Mund.

Sie fiel ihm um den Hals und klammerte sich lange an ihn wie ein Kind.

»Du kommst so spät!«, sagte sie. »Schau mal, ich habe die Fotos entwickelt, die wir neulich gemacht haben. Schau, wie wunderschön du bist, du bist der Märchenprinz, der einzige … Und ich, schrecklich wie immer, verlottert, abstoßend. Nur das Bild, wo ich auf dem Sofa liege, ist einigermaßen geglückt.«

Sie reichte ihm einen Abzug, auf dem sie wie Goyas *Maja* aussah, leicht in Seide gekleidet, das Oberteil halb offen über der bloßen Haut. Eine runde, wohlgeformte Brust blickte daraus hervor.

Konstantin musste sich am Türrahmen festhalten, so hart war der Kontrast zwischen der Ariane, die ihn vom Arbat bis zum Hotel begleitet hatte, und der ausgelassenen Göre, die ihm um den Hals gefallen war. Er sah das Foto an, dann das Mädchen und sagte vergnügt:

»Als Schulmädchen gefällst du mir noch viel besser als auf dem Foto. Natürlich siehst du aus wie ein Luder, aber man kann sich zumindest noch einbilden, eine angemessene Strafe täte ihre Wirkung.«

»Probier's, probier's doch ein bisschen aus«, rief sie, »niemand hat sich je getraut, mich anzurühren.«

Sie floh in den Salon. Er hinter ihr her.

»Hör zu«, sagte sie, »ich habe noch nicht gegessen. Ich sterbe vor Hunger. Bestell etwas zu essen. Und dann erzähl ich dir von meiner Schulzeit.«

Wenig später, als sie gegessen hatten, begann sie, ihm aus ihren Erinnerungen zu erzählen.

»Wir hatten einen Geistlichen, der unterrichtete uns in der Heiligen Schrift. Ein sympathischer Mann Anfang vierzig, mit üppigem schwarz-grau meliertem Bart und listigen blauen Augen, ein lustiger Typ … Wir mochten ihn alle, und er mochte uns auch. Ich hatte Spaß daran, ihm knifflige Fragen zu stellen. Als wir die Geschichte von Adam und Eva durchnahmen, sorgte ich mit vierzehn für einen großen Eklat in der Klasse, denn ich fragte: ›*Batjuschka*, eines verstehe ich nicht, können Sie uns das bitte erklären … Am Anfang der Welt gab es nur Adam und Eva, nicht wahr? Sonst niemand …‹ – ›Aber nein, mein Kind.‹ – ›Und Kain und Abel waren ihre Söhne, ich weiß. Aber wie konnten diese vier Leute Kinder bekommen? Durften die Söhne damals ihre Mutter heiraten, wie bei den Pharaonen die Töchter ihre Väter?‹ Die ganze Klasse lachte, und als der *Batjuschka* uns lachen hörte, ließ er sich anstecken und lachte, anstatt mir zu antworten, mit uns. Nur die Aufpasserin lachte nicht. Sie holte die Direktorin … Ich machte ein so unschuldiges Gesicht, dass man mich nicht bestrafen konnte, doch ab da war es uns verboten, in der Bibelstunde Fragen zu stellen. ›Wunder sind Wunder‹, sagte die Direktorin mit ernster Miene, ›sie bleiben unerklärlich.‹ Der gute *Batjuschka* trug es mir nicht nach. Wir wurden beste Freunde. Oft erwartete er mich auf dem Gang, strich mir über die Wange oder nahm mich in den Arm. Ich zierte mich ein bisschen, verdrehte die Augen, sah zu ihm auf. Einmal, als es im Gymnasium einen Ball gab, begegnete ich ihm auf dem Flur. ›Na, Kusnetzowa‹, sagte er, ›heute Abend dürfen Sie tanzen …‹ – ›Ja, *Batjuschka*‹, erwiderte ich, ›und ich will den Tanz mit Ihnen eröffnen.‹ – ›Ich kann nicht tanzen, mein Kind‹, seufzte er, ›unsereins geht nicht zum Tanz.‹ – ›Sie können nicht tanzen? Soll ich es Ihnen beibringen?‹ Ich reichte ihm die Hand. ›Ich konnte es früher einmal‹, sagte er, ›aber ich habe es verlernt.‹ Er hatte meine Hand genommen und seinen Arm um meine Hüfte gelegt. ›Und diese verfluchte Kutte!‹ – ›Na und, sie ist auch nicht länger als mein Kleid.‹ Dann begann ich eine *Troika*-Melodie zu summen, und schon fing der *Batjuschka* an, sich sanft zu wiegen, mit mir im Arm. Als er die Knie beugte, fegte seine Kutte übers Parkett und wirbelte Staub auf … Da hörten wir eine Tür sich öffnen, und er hielt sofort inne … ›So eine Torheit!‹, sagte er und verdrückte sich lachend … Ach, was für ein witziger Kerl. Er war einer, der mochte mich wirklich … Danach gab es Probleme. Er hatte ein Mädchen, ein Jahr älter als ich, eine Lange, Schlaksige mit einem Gesicht wie Discordia. Aber sie war gut gebaut und war es gewohnt, viel von sich zu zeigen. Sie hatte so viele Liebhaber wie ein Mann Geliebte, und bei den Abendgesellschaften trank sie zu viel. Sie verknallte sich, stell dir vor, in einen alten Schauspieler, und als der die Stadt verließ, ging sie mit ihm. Es gab großes Gerede darüber, und die Lage des *Batjuschka* wurde schwierig … Doch die Schuldirektorin, Madame Znamenskaja, hielt ihm die Stange … Ich glaube, seit diesem Unglück ist er zum Trinker geworden …«

Sie verbrachten einen bezaubernden Abend. Ariane führte ihm Szenen aus dem gymnasialen Leben vor. Die meisten der Hauptrollen kannte er schon, um sie herum schwirrte die Menge der Nebenfiguren. Er war verblüfft, wie kunstreich Ariane ihre Jugendfreunde für ihn in Szene setzte. Ein jugendliches Universum unter dem Zauberstab dieser Fee umgab ihn und erfüllte den Raum, und wenn die Stimme der Zauberin bereits verstummt war, verweilten die Schatten noch ein wenig, ehe sie verblassten und ins Dunkel zurückkehrten, von wo sie sie herbeigerufen hatte.

Konstantin sagte zu Ariane:

»Am besten von ganz Russland kenne ich die Stadt, in der ich nie gewesen bin und in der du deine Jugend verbracht hast.«

XX
Am Abgrund

An anderen Tagen wiederum schien das Mädchen von einem bösen Geist besessen. Nicht dass sie ihm Szenen gemacht hätte, wie man das von anderen Frauen kennt. Nie wurde sie laut. Nie machte sie Konstantin Vorwürfe. Doch sie ließ ihn kunstvoll, mit Anspielungen und Doppelsinnigkeiten, mit Unausgesprochenem, Angedeutetem und Verschwiegenem allenfalls ahnen, wovon sie angeblich nicht offen sprechen wollte. So fiel ein unerwartetes Licht auf ihr Vorleben und auf die Erfahrungen, die sie ihrer Neugier und ihrem »hitzigen Naturell« verdankte – diesen Ausdruck gebrauchte sie, um Konstantin zu verstehen zu geben, dass, wenn man denn Sinne besaß, diese das Recht dazu hatten, sich nach Kräften zu entfalten, genauso wie die Intelligenz bei den Wesen, die ein Gehirn besitzen, und nicht anders als die Melancholie bei anämischen jungen Mädchen. Oft machte sie sich einen Spaß daraus, auf die kaltschnäuzigste Weise über sexuelle Beziehungen zu sprechen. Eines ihrer Lieblingsthemen war die Freiheit der Liebe.

»Da sieht man«, sagte sie, »dass die Männer die Welt nach ihrem Geschmack und zu ihrem Nutzen erschaffen haben. Sie haben mit Gewalt, mit List und Tücke Moralvorstellungen durchgesetzt, die nur ihnen entgegenkommen, haben einen Wertekanon aufgestellt, dessen Sklaven wir, egal was wir tun, immer bleiben. Ich bin keine Feministin im heutigen Wortsinn. Die Frauenfrage aufs Feld der Politik tragen zu wollen, erscheint mir ziemlich dumm. Was haben wir denn davon, Duma-Abgeordnete aufzustellen! Ich bin der Überzeugung, dass wir unsere wahren Rechte erst dann bekommen, wenn die Konventionen zerschlagen sind, die uns enger fesseln als jedes geschriebene Gesetz. Ich habe oft darüber nachgedacht. Und ich will dir sagen, wo ich die wirkliche Ungerechtigkeit in dieser Frage sehe …«

»Versteh mich recht …«, warf Konstantin ein.

»Mach dich nicht über mich lustig! Du wirst gleich sehen, worauf ich hinauswill … Don Juan ist unter Männern ein ewiger Held, weil er tausendunddrei Frauen gehabt hat. Damit prahlt er, daraus bezieht er seinen Ruhm und sein Ansehen. Wie aber würde über eine Frau geurteilt, die tausendunddrei Liebhaber hatte? Sie würde als die letzte Schlampe angesehen. Nichts als Verachtung hätte man für sie übrig. Wenn sie es nicht beruflich macht, wird ihre

Familie sie zur Hysterikerin erklären und ins Irrenhaus bringen … Siehst du, genau gegen diese höchste Ungerechtigkeit will ich kämpfen. Solange diese Konvention erhalten bleibt, werden wir nie mit euch gleich. Wenn wir einen Geliebten haben, muss das heimlich geschehen. Die Männer sprechen offen über die Frauen, die sie gehabt haben. Und wir sind dazu verdammt zu schweigen! Warum eigentlich? Sind wir nicht ebenso frei wie ihr? Haben wir nicht wie ihr das Recht, uns das Vergnügen dort zu holen, wo wir es bekommen können? Den Männern ist daran gelegen, dass sie viele Geliebte haben und dass ihnen diese treu sind. Also haben sie die Verführer in Kunst, Dichtung und Literatur verherrlicht und zugleich der Frau mit vielen Liebhabern eine Schandfratze umgehängt. – Jetzt weißt du, wo wir den Kampf auszutragen haben. Eine weibliche Konvention muss den Sieg erringen. Und daran arbeite ich …«

Konstantin betrachtete das junge Mädchen, das sich in Rage geredet hatte. Er spürte, wie ihn die Unruhe erfasste: der Donner begann zu grollen. Er war so unvorsichtig, Ariane mit dem folgenden Satz zu widersprechen:

»Es geht darum herauszufinden, was man will. Möchtest du von deinen Liebhabern geliebt werden?

Wenn ja, rate ich dir, keinem von ihnen von den Freuden zu erzählen, die du in den Armen seiner Vorgänger fandest.«

»Aber warum denn nicht?«, meine Ariane angriffslustig.

»Ach mein Kind, weil du sie damit abstößt und sie dich verlassen.«

»Und wenn ich trotzdem und darüber hinaus geliebt werden will? Du kennst mich ja und du weißt wohl, dass ich – wie du – es mir nicht leicht machen mag und dass ich keine Angst vor Gefahr habe. Ich will meinen Erfolg nicht einer Lüge verdanken. Die Männer täuschen, ihnen einflüstern, man habe vor ihnen niemanden geliebt, und sie seien es, der einem den ersten Glücksseufzer von den Lippen gepflückt hat … Wie peinlich! Fühlt ihr euch zu derlei Täuschungsmanövern aufgerufen? Hast du mir so etwas erklärt, als wir uns kennenlernten? Warum also sollte ich mich erniedrigen? Ich möchte so geliebt werden, dass alles an mir angenommen wird und man mich so nimmt, wie ich bin, mit meiner ganzen Vorgeschichte … Und wenn nicht, dann eben nicht! Dann fort mit ihm! Dann werde ich dem, der mich verlässt, keine Träne nachweinen …«

Diesen Satz schleuderte sie Konstantin voller Verachtung hin, dann sah sie ihm fest ins Gesicht, in

Erwartung seiner Antwort. Er blieb einen Augenblick stumm, dann sagte er mit gleichgültiger Stimme:

»Was du mir da erzählst, ist ziemlich spitzfindig. Ich finde diese Sophistereien schrecklich. Ich spekuliere doch nicht darüber, was in dreitausend Jahren ist. Ich lebe heute und mit meinen Zeitgenossinnen. Wenn eine von ihnen mich nicht glücklich machen kann, verlasse ich sie und suche mir eine andere. Das geht leichter, als den Lauf der Welt ändern zu wollen ...«

Ariane war blass geworden. Sie runzelte die Stirn.

»Der Mann ist nicht stark, weil wir schwach sind. Wenn wir unsere Kraft zeigten, würden sich die Rollen wandeln ... Du jedenfalls hast mich nicht verlassen, und doch ...«

»Ariane, bitte«, sagte Konstantin, »reden wir über etwas anderes.«

»Nein«, fauchte Ariane, »lass uns endlich einmal offen reden. Zwischen uns lastet etwas Schreckliches und Unausgesprochenes, dem müssen wir ins Auge sehen, ohne Rücksicht auf die Folgen! Ich habe immer versucht, die Wahrheit zu sagen, und immer hast du es verhindert. Heute gehen wir den Weg zu Ende, egal, wie es ausgeht!«

Konstantin war aufgestanden. Er baute sich vor Ariane auf, die ihn hasserfüllt ansah.

»Also«, sagte Konstantin, »ich fordere dich auf, mir zu sagen, wie viele Liebhaber du gehabt hast.«

Das Mädchen zögerte kurz, dann ging die Leidenschaft mit ihr durch und sie sagte:

»Du willst es wissen, also gut, heute will ich nicht kneifen, hör zu. Der Erste, der mich hatte, nahm mich, als ich sechzehn war. Ich liebte ihn nicht, aber ich wollte wissen, was es auf sich hat mit dem Lieben, über das von früh bis spät geredet wird. Am Morgen danach habe ich ihn weggejagt, ich wollte ihn nie mehr sehen … Den Zweiten glaubte ich zu lieben, aber es war ein Irrtum. Er war ein armer Tropf, der weinend vor mir auf die Knie fiel. Den Dritten kennst du; das kleine Haus in der Vorstadt. Vor der Abreise nach Moskau tröstete ich mich in den Armen eines Schülers, der mich anhimmelte … In Moskau lernte ich diesen Schauspieler vom Künstlertheater kennen. An Neujahr, das habe ich dir ja erzählt, nahm mich der Geliebte meiner Tante zu sich mit nach Hause … Auf der Rückfahrt gelang es einem Offizier, der seit zwei Jahren in mich verliebt war, in mein Zugabteil zu schlüpfen und mich für ein paar Stunden zu erobern. Ich habe ihn nie wiedergesehen. Und dann habe ich dich getroffen, den Achten … Deine Herrschaft dauerte länger als alle anderen zusammengenommen. Sei stolz auf deine Macht, und sonne dich in deinem

Stolz … Jetzt weißt du alles. Sollten wir zusammenbleiben, gäbe es für dich nichts weiter zu erfahren. Nun entscheide du.«

Es folgte ein langes Schweigen. Konstantin steckte sich eine Zigarette an, nahm einen Schluck Tee, tat ein paar Schritte und sagte kühl, höflich und gelangweilt:

»Mir ist wohlbewusst, dass ich mich dafür entschuldigen sollte, dich so lange mit Beschlag belegt zu haben. Aber nun will ich den Lauf deines Schicksals nicht weiter aufhalten. Übermorgen fahre ich nach Sankt Petersburg. Dort bleibe ich eine Woche. Das wird wohl genügen, dass du in deinem Freundeskreis den neunten Liebhaber findest, der die Ankunft des zehnten einläutet.«

Beim Reden hatte er sich dem elektrischen Knopf genähert und mit dem Finger gedrückt.

»Warum klingelst du?«, fragte Ariane.

»Das wirst du gleich sehen«, war seine Antwort.

Ein Hotelboy trat ein.

»Lassen Sie hier auf dem Sofa ein Bett richten«, sagte er.

Ariane ging ins Schlafzimmer. Eine Stunde später musste er dort durch, auf dem Weg zum Bad. Ariane lag da, das Gesicht zur Wand gedreht. Als er zurückkam, hielt sie ihn kurz vor dem Salon auf:

»Konstantin«, sagte sie.

»Was ist?«

Sie wandte ihm ein kleines verweintes Gesicht zu, streckte die Arme nach ihm aus und sagte:

»Verzeih mir, ich hätte nicht so reden sollen … Ich weiß nicht, was mich geritten hat … Ich war am Ende …«

Er ging zu ihr hin.

»Wie sollte ich dir böse sein? Du hast mir viel geschenkt …, das vergesse ich dir nicht. Und wer bin ich denn? Habe ich Unrecht und du Recht? Immerhin waren wir zusammen glücklich … und jetzt ist es vorbei. Adieu, mein Kind …«

Er nahm sie in den Arm und gab ihr einen Kuss auf die Stirn.

Sie rutschte zu ihm herüber, bedeckte ihn mit Küssen und sagte leise:

»Bleib.«

Er riss sich los, gab ihr noch einen Kuss und sagte:

»Nein, nein, verzeih mir … Ich kann nicht mehr …«

Und weg war er.

XXI
Das Geheimnis

Am Morgen nach diesem Auftritt erwachten sie zerschlagen von Müdigkeit, als hätten sie einen heftigen Fieberanfall hinter sich. Ariane war blass und schweigsam. Sie schlich durch die Suite. Konstantin war schon ausgehfertig, als sie sich gerade die Haare richtete. Er hatte die Türklinke in der Hand.

»Sagst du mir nicht Adieu?«, sagte sie.

Er ging auf das Mädchen zu und legte ihr mechanisch die Lippen auf die Stirn.

»Isst du mit mir zu Mittag?«, fragte sie.

»Nein, ich habe zu tun.«

»Aber zu Abend?«

»Da bin ich eingeladen …«

»Das geht nicht«, sagte sie, »es ist unser letzter Abend …«

Tränen traten ihr in die Augen, und sie versuchte nicht, sie zu verbergen.

»Meinetwegen«, sagte er gelangweilt. »Wo möchtest du zu Abend essen?«

»Hier. Ich bin heute nicht schön genug zum Ausgehen. Du hast mich zum Weinen gebracht, das kenne ich nicht von mir …«

Er ging.

Als er am Nachmittag über die Nowospasskij-Brücke ging, sah er Ariane in Begleitung eines Medizinstudenten. Er konnte den Gedanken nicht unterdrücken: Das ist mein Nachfolger. Er sah ihn sich genau an. Es war ein junger Mann mit feinem, glattrasiertem Gesicht, mit blondem Haar und asymmetrischen Zügen, intelligent wirkend. Er sprach lebhaft. Das hält eine Woche, dachte Konstantin bei sich. Ariane war strahlend schön, die Wangen von der Kälte gerötet, die Augen leuchtend, und in ihrem ganzen Auftreten hatte sie diese gewisse Lässigkeit, die bei ihr ein Gefühl von großer Lebenslust ausstrahlte. Sie bemerkte Konstantin nicht, der ihr gebannt auf dem Bürgersteig stehend lange nachsah. Als das Pärchen in der Menschenmenge an der Ecke der Niglinnij-Passage verschwunden war, zuckte er die Achseln und brummte:

»Weiter geht's.«

Er musste zu einer Besprechung und hatte eigentlich den ganzen Nachmittag zu tun. Und doch fand er die Zeit, Natascha anzurufen. Er plauderte ein Weilchen mit seiner Freundin, erzählte ihr von seiner Reise nach Sankt Petersburg und dass er bald wieder da wäre. »Richten Sie mir etwas zu essen her, das muss ein schöner Tag werden. Ich werde am Ufer der Newa an Sie denken. Vergessen Sie mich nicht.«

Am Abend ging er zu Fuß zum Hotel. Er war müde und fürchtete sich vor den letzten Stunden mit Ariane. Es würde wieder diesen Schlagabtausch geben, und er war es leid. Er öffnete die Tür zur Suite mit der Beklommenheit eines Dompteurs, der in den Käfig geht, wo ihn ein ungezähmtes junges Pantherweibchen erwartet, das vor Angst oder Zorn zittert.

Ariane Nikolajewna hatte sich für das Abendessen fein gemacht. Sie trug ein leuchtend blaues seidenes Nachtgewand, eng geschnürt mit einem breiten kirschroten Gürtel. Ein weiches Jäckchen lag weit offen über der bloßen Brust. Ihr offenes Haar wurde auf Höhe des Nackens von einem Band im gleichen Blau wie das Gewand gehalten und fiel von dort aus bis hinab auf die Hüften. Über dem Ohr hatte sie sich eine blutrote Rose ins Haar gesteckt, und sie trug hochhackige Stiefeletten. Sie wirkte fröhlich. Gestern war nichts gewesen, morgen würde nichts sein. Es war ein Zwischentag.

»Gefalle ich dir so?«, sagte sie und trat ihm in höfischer Manier mit einer tiefen Verbeugung entgegen.

Konstantin sah sie überrascht an. Eine ganz neue Ariane stand da vor ihm, halbwüchsig, den Schalk im Nacken, eine knabenhafte Gestalt wie aus einem Stück von Shakespeare, mit geschwungenen Lippen, die gleich funkelnde Wortsalven abfeuern würden. Er war entzückt bei der Vorstellung, diese Verkleidung könnte ihrem letzten gemeinsamen Abend einen unvorhergesehenen Anstrich geben, und erwiderte:

»Bezaubernd. Da bestelle ich gleich Kaviar und Champagner.«

Ariane spielte ihre Rolle glänzend. Sie bestach mit ihrem Witz und ihrer guten Laune. Einmal beugte sie sich ganz nah zu Konstantin hinüber und fragte ihn:

»Bitte, bitte, Märchenprinz, sag, wirst du später, wenn du vergessen hast, wie boshaft ich bin, und wieder mal hier bist, wirst du mich dann zum Abendessen einladen? Oh, nur zum Essen! Du lernst ja viele andere Frauen kennen. Sie haben tausend Vorzüge, die mir fehlen; sie sind gütig, ergeben, zärtlich, treu – na ja, treu bin ich auch, denn ich habe dich nicht betrogen –, vielleicht auch hübscher als ich. Aber, hör gut zu, was ich dir jetzt sage: Du wirst dich bei ihnen langweilen, du wirst an das Schreckensmädchen denken, das dich in Moskau fast ein Jahr lang zur Weißglut brachte. Und« – nun war sie ganz nah bei ihm und sprach ihm fast ins Ohr – »glaubst du, du kannst meine jugendliche Glut vergessen … Findest du das so leicht wieder?«

»Da hast du Recht«, sagte Konstantin, »ich kann dich nicht vergessen, denn du hast eine gepfefferte Mischung aus Fein und Abscheulich, nach dem alles Spätere nur fad schmecken kann.«

»Und doch müssen wir uns trennen«, fuhr das Mädchen fort, »denn es wäre ja albern, dass zwei Wesen wie du und ich, die Aussicht auf ein Leben in Abenteuern haben, wie Eheleute zusammenlebten. Aber hör zu, bevor wir uns trennen, muss ich dir noch ein großes Geheimnis anvertrauen, etwas, das ich auf Erden nur dir sagen kann und wovon du nie wieder sprechen darfst, denn ich würde vor Scham sterben. Schwörst du mir das?«

»Ich schwöre alles, was du verlangst«, sagte Konstantin, der in diesem Augenblick, wo er sie verlieren sollte, wieder von dem leidenschaftlichen Wunsch erfasst war, ein bisschen weiter in das verkapselte Herz des Mädchens vorzudringen.

»Gut, dann sage ich es dir morgen«, fuhr sie fort, »morgen am Bahnsteig, wenn der Gong ertönt und der Zug abfährt, wenn es kein Zurück mehr gibt … Und wenn ich in der letzten Minute nicht den Mut zu diesem Geständnis habe, dann schreibe ich es dir … Versprochen.«

Erfolglos versuchte Konstantin, Ariane gleich zum Reden zu bringen. Er konnte ihr nur das feierliche Versprechen entlocken, er werde nun endlich ein Geheimnis erfahren, das sie ihm schon seit langem brennend gern verraten hätte.

Er zermarterte sich den Kopf, um dahinterzukommen, was das Mädchen ihm wohl offenbaren wollte. Da er Ariane kannte mitsamt ihrer schneidenden Härte und ihrer Selbstverliebtheit, fand er bald eine Spur, auf der er der Wahrheit näher kam. Dieses stolze junge Mädchen liebte ihn, aber lieber wäre sie gestorben, als es vor ihm zuzugeben. Sie liebte ihn, sie hatte ihn immer geliebt – das war das Geheimnis, das sie erst in der Stunde des endgültigen Abschieds würde lüften können.

Die Gewissheit, der er in diesem Augenblick nahe war, erfüllte ihn mit dumpfer Freude. Ach, dachte er, so habe ich den Sieg davongetragen. Sie hat gekämpft mit einem Lächeln auf den Lippen. Aber sie gibt sich geschlagen. Dieses unbezähmbare Mädchen hat seinen Meister gefunden. Und doch ist es aus zwischen uns. Sie hat die Liebe unmöglich gemacht. Plötzlich verabscheute er sie.

Eng umschlungen schliefen sie ein.

XXII
Ein grauer Februartag

Am nächsten Morgen, es war ein grauer Februartag, erwachten sie spät. Konstantin stand als Erster auf. Erst als er angekleidet war – nach elf –, gab sich Ariane einen Ruck und verließ das Bett.

Sie setzte sich auf einen Stuhl, mit dem Rücken zu Konstantin – er stand hinten im Zimmer und betrachtete gedankenverloren den bezaubernd zerbrechlichen Umriss seiner Geliebten im Nachthemd, der sich vor dem Fenster gegen das fahle Tageslicht abhob.

Und auf einmal, ohne ihren Liebhaber anzusehen, ganz mit einem Seidenstrumpf beschäftigt, an dessen Spitze sie ein Loch entdeckt hatte, sagte sie beiläufig, so als würde sie ihn bitten, nach dem Zimmermädchen zu läuten:

»Und was hast du nun von deiner ganzen Schlauheit und Überlegenheit? Ist dir nicht klar, dass du mich als Jungfrau genommen hast und dass mich vor dir kein Mann berührt hat?«

Diese Worte verhallten in der Stille des Zimmers. Konstantin kam es so vor, als bliebe ihm das Herz stehen, der Raum wurde ganz grell und weit. Er glaubte ohnmächtig zu werden. In dem Augenblick, als das Mädchen sprach, wusste er, dass er endlich die Wahrheit erfahren hatte. Wie ein Blitz fuhr ihm die Erinnerung an die erste Nacht durch den Sinn; noch einmal hörte er die kindlich-kleinlaute Stimme, die sagte: »Aber ich wehre mich doch gar nicht«; und ihm fiel der Widerstand ein, auf den er gestoßen war; noch einmal sah er die Blutflecken auf dem weißen Laken. Sie hatten die Form eines Sträußchens roter Beeren. Doch derlei materielle Beweise brauchte er nicht mehr. Eine höhere Wahrheit des Offenkundigen drängte sich auf und vertrieb den Zweifel wie das Licht die Nacht.

Überwältigt von der Macht der Gefühle, die ihn bestürmten, verlor er den Boden unter den Füßen. Es hatte ihm die Sprache verschlagen, und er konnte Ariane nicht ins Gesicht sehen. Wie sollte er das Feuer in ihren Augen aushalten? Schon ihre Stimme zu hören, ging über seine Kräfte. Er musste allein sein, hinausgehen an die frische Luft, weit ausschreiten. Er nahm seine Kräfte zusammen, raffte sich auf, tat ein paar Schritte quer durchs Zimmer, ging zur Tür und gelangte ins Freie.

XXIII
Selbstgespräche

Lange irrte er durch die Stadt, ziellos, gedankenverloren. Er ging langsam, die Hände in den Taschen seines Pelzmantels, und blieb an den tausend kleinen Begebenheiten der Straße hängen. Minutenlang stand er in der Sadowajastraße und beobachtete einen schweren Ackergaul, der auf dem Schnee ausgerutscht und gestürzt war und vergeblich versuchte, sich wieder aufzurappeln.

Der scharfe Wind schmerzte im Gesicht. Konstantin ging weiter.

Von Zeit zu Zeit sah er wieder Ariane vor sich, wie sie dünn und kaum bekleidet am Fenster stand. Mechanisch wiederholte er ihre tonlos gesprochenen Worte. So wenig wie vorhin zweifelte er an der Wahrheit dessen, was sie gesagt hatte. Wo etwas offenkundig ist, da fragt man nicht nach. Eher war sie wie der brennende Dornbusch, in dem Gott Moses erschienen war. Sie blendete ihn und sie brannte ihn. Er konnte weder den hellen Schein noch die Hitze ertragen. Für einen Augenblick schloss er die Augen und flüchtete, verzweifelt wie ein Nachtvogel, den die Mittagssonne überrascht hat.

Er betrat den Kreml und durchquerte ihn bis zur Uspenski-Kathedrale, wo er mit Wohlgefallen die Ikonen besichtigte. Im Gesicht der byzantinischen Jungfrauen erkannte er Arianes lange schwarzen und geschwungenen Brauen wieder. Sie war noch da. Weihrauch hing zwischen den mosaikbesetzten Wänden. Er rang nach Luft.

Auf dem Balkon über der Moskwa, nicht weit vom Denkmal Alexanders II., brach ein wortreiches Selbstgespräch aus ihm heraus.

»Ach«, begann er mit wilder Freude, »wie ich dich jetzt durchschaue, du kleines blasses, unbeugsames Mädchen! Heute weiß ich, welche Herrschsucht dich von den Hörsälen des Znamenski-Gymnasiums auf die Zimmer des Hotel London und bis in das Haus am Stadtrand geführt hat. Dein Blick, dessen Macht ich erfahren habe, brachte das Begehren der Männer zum Schmelzen. Aber durch welches Wunder hast du dich selber besiegt und den Hunger nach Zärtlichkeit überwunden, den du nur in meinen Armen stillen konntest? Und doch hast du in einer glühenden Stadt des Südens gelebt. Um dich herum finden und verlieren sich Paare. Tante Warwara singt dir Lobeshymnen über ihren Geliebten ins Ohr. Du aber bleibst rein, kleine Ariane, die nur mir gehört hat. Ein Sieg des Stolzes, der dich schützt, für meine Küsse aufspart! Und dann kommt ein Tag, wo wir uns Aug in Auge gegenüberfinden!«

Ein Schwarm krächzender Raben, der genau über ihn hinwegflog, riss ihn für einen Augenblick aus seiner Nachdenklichkeit. Er verfolgte die Flugkurven dicht über den weißen Dächern. Die misstönende Schar drehte sich und verschwand dann hinter den Prachtbauten und Klöstern. Er nahm sein Selbstgespräch wieder auf.

»In dem Augenblick, da sie mir begegnet, spürt sie, dass sie verloren ist. Eben war sie auf Eroberungszug, nun bebt die Erde unter ihren Schritten. Das hochfahrende Mädchen erkennt, dass es einem Mann in die Arme läuft, den sie in der Stadt kennengelernt hat, der sie nicht liebt, sondern als Spielzeug nimmt, der kaltschnäuzig ein paar Stunden ihres Lebens von ihr verlangt, um die Abende seines Auslandsaufenthaltes angenehm zu verbringen … Ach! Und ich habe keiner Verklärung Raum gegeben! Ich habe ohne Umschweife und ohne Heuchelei gesprochen. Es gibt nichts Unverfroreneres als die Abmachung, die ich ihr vorschlage … Und doch denkt sie nicht an Widerstand. Sie hat dem Schicksal in die Augen gesehen. Wie sehr sie sich jetzt verabscheut, wie zerrissen sie innerlich ist! Sie ist besiegt, sie ergibt sich … In diesem entscheidenden Augenblick erkennt sie plötzlich, dass ihr noch die Wahl bleibt, ob sie sich vor mir oder vor sich selbst erniedrigt. Sie zögert nicht. Sie wählt den schwereren Weg, aber den, an dessen Ende sie weiterleben kann, ohne sich vor sich selbst schämen zu müssen … Und schon hält der zufällig Vorbeigekommene ein leichtes Mädchen im Arm, das vom einen zum Nächsten weitergereicht wird, ganz nach Laune. Sie ist einverstanden, dass ich sie als eine Zufallsbegegnung behandle, zu der man eine Nacht lang gastfreundlich ist und die man am nächsten Morgen fortschickt … Gewiss, aber genau damit bleibt sie heil. Sie behält ein Hinterstübchen für sich, wo sie unberührt bleibt … Und alles andere, was hängt daran? Was hängt daran, welche Meinung ihr Liebhaber von ihr hat? Sie beginnt zu lügen, und ab dem Augenblick, da sie sich dazu entschieden hat, versteht sie es, mich so kunstvoll zu täuschen, dass selbst handfeste und offenkundige Tatsachen mir nicht die Augen öffnen können. Mit der Macht ihres Wesens erzeugt sie in mir eine Gewissheit, die durch nichts zu erschüttern ist … Und doch hat sie, das arme Kind, eine Sekunde der Schwäche. Als ich ihr wehtue bei dem Bemühen, in sie einzudringen, verliert sie die Kontrolle über ihre Stimme und stammelt wie ein erschrecktes kleines

Mädchen, was sie da ja auch ist: ›Aber ich wehre mich doch gar nicht!‹ Und ich habe nichts geahnt von dem schrecklichen Drama, das sich in ihr abspielte. Ich war blind, ich war taub. Erst heute wird es mir klar; jetzt verstehe ich deinen Ausruf, Ariane!«

Er gestikulierte heftig bei seinem Selbstgespräch auf der Terrasse, über die ein kalter Wind hinwegfegte. Die wenigen Passanten blieben kurz stehen, sahen ihn an und gingen dann weiter. Mit einem Mal wurde er ganz ruhig und zog seine Taschenuhr hervor. Er wurde im Büro erwartet. Dann sollen sie eben warten!, dachte er und setzte seinen ziellosen Weg fort.

Von einem rußgeschwängerten Himmel fielen vereinzelte vereiste Schneeflocken, die der Wind in Strudeln davontrug.

Konstantin musste immerzu an Arianes Lüge denken.

Blitzschnell hatte sie erfasst, dass es jetzt nicht anders ging, und hatte sich sogleich in schwindelnde Höhen aufgeschwungen. Wenn er sie da oben schweben sah, empfand er die Angst, die einen befällt, wenn man mit den Blicken einem Akrobaten folgt, der in der Kuppel des Zirkuszelts ein Kunststück vollbringt, bei dem er ums Leben kommen könnte.

Doch das Wunder bestand darin, dass Ariane den Heldenmut aufgebracht hatte, diese halsbrecherische

Rolle fast ein Jahr lang im Alltag zu spielen. In tagtäglichem Zusammensein hatte sie es verstanden, diese Lüge durchzuhalten und im Wechsel der Tage und Nächte zu nähren. Je mehr sie ihn liebte, desto besser versteckte sie sich vor ihm, wobei sie aus ihrem Stolz die Kraft bezog, diesen unmöglichen Kampf gegen sich selbst fortzuführen. Sie erlebte die verhängnisvolle Auswirkung auf ihren Geliebten. Er war grob zu ihr, brachte sie zum Weinen. Und vielleicht kam er deshalb nicht so weit, sich in sie zu verlieben, weil sie ihm ein so abstoßendes Bild von sich selbst einimpfte. Diesen Gedanken hatte sie auf sich genommen, diese Erniedrigungen erlitten. Doch bei aller Angst und allen Tränen, im Innersten blieb sie die Siegerin. Je tiefer er sie erniedrigte, desto höher wuchs sie.

Dabei verzehrte sie sich in der Hitze dieses Gefechts. Sie liebte. Die Liebe lässt sich nicht einhegen. Ist sie einmal da, erfasst sie das ganze Wesen. Sie war dem Stolz an die Gurgel gegangen und wollte ihn niederringen. Jedes Kapitel eines zehn Monate währenden Kampfes war mit Blut geschrieben, denn für die Niederlagen, die sie im Kampf gegen sich selbst erlitt, rächte sie sich bei Konstantin. Er stellte eine dramatische Steigerung fest, deren jüngste Phasen er sich deutlich abzeichnen sah. Es war die Geschichte mit dem kleinen Haus in der Vorstadt, nicht auszuhalten in ihrer Undurchsichtigkeit; dann, noch widerlicher, die in den Armen von Tante Warwaras Geliebtem, dem Doktor verbrachte Stunde; und schließlich die vollständige Liste all jener, die sie für eine Nacht, eine Woche oder einen Monat besessen hatten. Jetzt reicht es ganz einfach. Sie ist am Ende ihrer Kräfte; der übermenschliche Stolz, der sie aufrecht hielt, ist in sich zusammengefallen. Sie kann nicht mehr lügen. Ein stärkeres Gefühl bemächtigt sich ihrer. Sie ist bis über beide Ohren verliebt. Dann das Geständnis, ungeschminkt, ohne ein Zeichen, ohne jede Betonung, tausendmal berührender durch den schlichten Ton der Wahrheit, in dem es abgelegt wird.

Konstantin war ratlos angesichts dieses immer noch unbegreiflichen Zweikampfs. Aus dem Heldenmut dieses jungen Mädchens konnte er auf die unvergleichliche Macht der Liebe schließen, die ihr dazu verholfen hatte, sich ihm heute Morgen anzuvertrauen.

Dann hob ihn ein heftiger Gedankenumschwung aus dem Gleis. Er ertappte sich dabei, Wörter herauszuschreien, die in der eisigen Luft widerhallten.

»Wenn ich das gewusst hätte, wenn ich das gewusst hätte! Ariane, was hast du da getan?«

Er schrie diese Worte so laut, dass er vom Klang der eigenen Stimme erschrak. Er hielt inne, überwältigt von einem Schwall von Gedanken, die in ihm hochkamen. Er malte sich eine Ariane aus, die vom ersten Tag an ehrlich und offen gewesen wäre. Wie sanft hätte er sie behandelt! Wie viel Geduld hätte er aufgebracht bei der Belagerung dieses stolzen Herzens und dieses verschlossenen Leibes! Welche Zärtlichkeit wäre zwischen ihnen entstanden. Irgendwann hätte er sie genommen, aber wie hätte er sich ihr zugleich gegeben! Und nur wegen Arianes unerbittlicher Willenskraft war er genötigt gewesen, sich gegen sie zu wehren. Fast schon wutgetrieben hatte er dagegen gekämpft, sich in sie zu verlieben.

Ach, sagte es stumm in ihm, warum hast du mich getäuscht? Wie lässt sich das gutmachen? Zu spät, zu spät, wiederholte er voller Verzweiflung, man kann ja nicht wiederbeleben, was es nie gegeben hat!

Er hielt inne, erstickt von Bitterkeit. Und dann fragte er sich plötzlich, warum er nicht schnellstens zu Ariane eilte. Sie war nicht weit weg, sie erwartete ihn in einem Hotelzimmer.

Ein unbeschreiblicher Schmerz fuhr ihm ins Herz. Er spürte, dass es ihm aus unerfindlichen Gründen unmöglich war, seiner Geliebten wiederzubegegnen. Wie sollte er ihr in die Augen sehen? Was sollte er sagen? Welchen Ton sollte er anschlagen?

In die leidenschaftlichen und widersprüchlichen

Gefühle mischte sich ein dumpfer und zugleich heftiger Zorn auf das junge Mädchen. Und wenn er Ariane jetzt sah, wie sie war, dann verabscheute er sie. Was für eine ausgeklügelte Bosheit hatte sie geritten, dass sie ihn so lange auf die Folter spannen konnte? Sie hatte eine diabolische Freude daran gehabt. Grausam und rücksichtslos hatte sie sich auf erbitterte Vergeltung eingeschossen. Höchste Liebe und tiefster Hass, eine befremdliche Gemengelage aus Ehre und Lüge, aus Treuepflicht und Hinterlist. Wie abscheulich und wie großartig! Aber er kann nicht mehr. Er ist erschöpft von einem Jahr täglicher Marterqualen. Empfindet er jetzt noch Freude bei dem Wissen, dass er sie als Jungfrau gehabt hat? Er ist nur noch Leid und Elend. Er lässt an sich vorüberziehen, wie sie sich ihm gegenüber verhielt. Die alten Wunden sind noch offen. Er denkt nur eins: Fliehen, endlich allein sein, diese Hölle vergessen. Ja, die Abreise nach Sankt Petersburg heute Abend. Aber er muss noch einmal ins Hotel und sein Gepäck holen. Er wird bis zum letzten Augenblick warten. Vielleicht wird sie bis dahin nicht mehr mit ihm rechnen und ausgegangen sein? Also einen Zettel dortlassen, einen Zettel mit der Notiz, dass er jetzt abreist und dass er wohl wiederkommt. Aber er wird nie wiederkommen.

Er blickte sich um.

Er stand vor dem kleinen Haus im Arbat, wo Natascha wohnte. Nicht der Zufall hat mich hierhergeführt, dachte er.

In dem Augenblick, als er bei seiner Freundin eintrat, war ihm klar, was er ihr sagen würde. Er kam, um mit ihr Schluss zu machen. Indem er Ariane verließ, verzichtete er auf Natascha – das sah er vor seinem geistigen Auge wie ein Axiom, das, einmal aufgestellt, keines Beweises bedarf. – Eine Stunde später trat er aus dem Haus. Seine Freundin hatte er weinend auf dem Sofa zurückgelassen.

In seinem Innern hatte sich eine plötzliche Kehrtwendung vollzogen. Er war ganz ruhig, er dachte an seine Reise, seine Arbeit. Er ging ins Büro. Dort fiel ihm ein, dass er wissen wollte, was nun aus Ariane wird, dass er sie anrufen werde. Sie konnte ihn nun nicht mehr quälen, aber auch nicht mehr glücklich machen. Zum ersten Mal seit einem Jahr fühlte er sich als freier Mann. Doch als er klingeln wollte, zögerte er plötzlich. Sollte er sie nicht doch lieber vor seiner Abreise noch einmal treffen? Warum nicht einfach mit ihr zu Abend essen, wie mit jemandem, den man früher kannte und der einem gleichgültig geworden ist?

Er rief einen Eilboten und trug ihm eine Wortbotschaft auf.

»Sag genau – merk dir meine Worte – ›Konstantin Michail grüßt Sie, Ariane Nikolajewna, und bittet Sie zum gemeinsamen Abendessen um acht Uhr. Er nimmt den Zehnuhrzug.‹«

Als der Eilbote zurückkam, fragte Konstantin ihn ruppig:

»Was machte Ariane Nikolajewna gerade? Was hat sie erwidert?«

»Ariane Nikolajewna telefonierte gerade. Sie lachte dabei … Sie unterbrach kurz, hörte mich an und antwortete nur: ›Gut‹, und setzte ihr Telefonat fort.«

Eine Stunde später kam Konstantin ins Hotel. Schon bevor er eintrat, wusste er, dass er beim Wiedersehen mit Ariane nichts mehr empfinden würde. Er begrüßte sie ungezwungen, gab ihr aber keinen Kuss. Er machte nicht Konversation, schwieg aber auch nicht absichtlich. Bis ins Innerste war er eisig und gefühllos. Das Mädchen war weder fröhlich noch traurig, weder gefühlvoll noch kaltschnäuzig. Sie half ihm, seine Papiere und seine Sachen zu ordnen. Bei Tisch plauderten sie über Belanglosigkeiten. Sie fragte ihn nicht, wann er wiederkomme, ob er dann wieder in dem Hotel wohnen werde. Nach dem Essen, als er die Koffer zumachte, gab sie ihm belegte Brote mit, die sie selbst zubereitet und in weißes Papier eingewickelt und mit einem blauen Band zusammengebunden hatte.

Als es Zeit war aufzubrechen, zog sie sich an, um ihn zum Bahnhof zu begleiten.

Sie half ihm mit seinen Sachen ins Abteil, nahm eine Rose von ihrer Bluse und stellte sie in eine Vase. Dann traten sie noch einmal auf den Bahnsteig, um den Pfiff zur Abfahrt abzuwarten.

Konstantin hatte seinen Arm unter den des Mädchens geschoben. Sie sprach nicht. Er war zutiefst müde und dachte an nichts. Ariane blickte manchmal heimlich zu ihm hinüber. Sie war es gewohnt, im Gesicht ihres Freundes zu lesen, und hatte deshalb an seiner Blässe und den Ringen unter den Augen erkannt, dass er eine schreckliche Krise durchmachte. Aber würde er nicht ein Wort für sie übrig haben? Würde er sie so allein in der Nacht zurücklassen? War dies eine Abreise für immer? Sie schwieg, sie wagte es nicht, eine Frage zu stellen. Die Minuten vergingen, Angst stieg in ihrem Herzen auf. Die Spannung zwischen den beiden Liebenden erreichte ihren Höhepunkt. Nichts schien das Schweigen brechen zu können, in das sie sich eingesponnen hatten und das durch die Trennung endgültig werden würde.

Die drei Gongschläge ertönten, das Pfeifen der Lokomotive antwortete. Konstantin gab dem Mädchen einen Kuss, ohne ein Wort zu sagen. Er stand auf der untersten Stufe des Treppchens. Unmerklich fuhr der Zug an. Ariane rang damit, nicht ohnmächtig zu werden. Sie blickte zu ihrem Geliebten auf. Er sah, wie ihr Tränen in die Augen traten. Da fasste er mit einer Hand den Haltegriff, beugte sich vor, umschlang das Mädchen kräftig mit einem Arm, hob sie hoch, zog sie an sich und trug sie ins Abteil, schloss die Tür und ließ sich mit ihr auf die Sitzbank fallen.

»Was tust du da?«, stammelte sie. »Du bist verrückt!«

»Sei still!«, sagte er, »ich bitte dich, sei still!

Und er verschlang sie in stummen Küssen.

Intellektuell-erotische Versuchsanordnung

Nachwort

Der 1920 bei dem kleinen feinen Verlag Éditions de la Sirène in Paris erschienene Roman sei von Presse und Publikum gut aufgenommen worden und hätte begeisterte Anhänger gefunden. Seine Leser hätten ihn mit Verstand gelesen, ihrer Aufmerksamkeit seien Botschaft und Zwischentöne nicht entgangen, ja sie hätten Dinge darin gefunden, von denen ihm selber gar nicht bewusst gewesen sei, dass er sie darin versteckt hätte, schreibt der Autor im Vorwort zur zweiten Ausgabe 1924 bei Grasset.

Fünfzigjährig hat Jean Schopfer (1868–1931) den Roman verfasst, der ihn als Autor berühmt machte. Er stammte aus dem schweizerischen Ort Morges am Genfer See und hatte an der Pariser École du Louvre ein geisteswissenschaftliches Studium absolviert. Mit vierundzwanzig war er französischer Tennismeister, bereiste Italien, später Persien und Russland und veröffentlichte unter dem Pseudonym Claude Anet, gewählt nach einem mit Jean-Jacques Rousseau rivalisierenden Liebhaber der Madame de Warens, Reisebücher und Zeitungsreportagen in *Le Temps* und *Le Journal.* 1917 ging er während der Russischen Revolution als Korrespondent für *Gil Blas* und *Le Petit Parisien* nach Sankt Petersburg.

Als Entstehungsort und -zeit von Ariane wird »Archangelsk, Oktober 1918/Paris, März 1919« angegeben. Teile des Buchs sind also tatsächlich in einem kalten Winter in Nordrussland niedergeschrieben worden; Archangelsk war zu dieser Zeit von britischen und französischen Truppen besetzt – eine antibolschewistische Intervention in den russischen Bürgerkrieg. Zum Zeitpunkt des erwähnten Vorworts, »Tamaris-sur-Mer, August 1923«, befindet sich Archangelsk längst wieder in der Hand der Roten Armee und der Autor an der Côte d'Azur.

Schon im französischen Titel schimmert das Klischee von »der russischen Frau« durch: *Ariane, jeune fille russe* (streng genommen: »Mädchen«, oft aber besser »junges Mädchen« oder »junge Frau«). Gegen den Aufschrei zweier »russischer Damen«, er habe mit der Figur Ariane alle Russinnen schlechtgemacht, verteidigt sich der Autor: es erstaune ihn und schmerze ihn sehr, denn er liebe Russland – »la Russie« ist im Französischen feminin – und wolle keinesfalls schlecht darüber (»über sie«) sprechen, »zumal jetzt, wo es ihr so schlecht geht«. Vielmehr habe er sich beim Schreiben vorgestellt, wie erfreut gerade russische Leserinnen auf die Geschichte von einer so charakterfesten, starken Heldin reagieren würden. Ariane sei keine »Sittengeschichte« (ein damals gern ausweichend für Pornografie verwendeter Begriff), die dem Leser schlüpfrige Einzelheiten über den Lebenswandel eines russischen Mädchens biete – es gehe vielmehr einzig um das eine: um die Liebe.

Derlei Rechtfertigungen gegen – reale oder der Rhetorik halber ins Feld geführte – Kritik mochten dem Autor seinerzeit nötig erscheinen; hundert Jahre später können wir den kleinen Roman als das literarische Dokument einer Versuchsanordnung lesen. Die Protagonistin ist um die Jahrhundertwende geboren, in einer Zeit großer Bewegungsfreiheit zwischen Ost und West, zumindest für Wohlhabende, wie es ihre Eltern gewesen waren. Der Held ist ein gut verdienender Geschäftsmann, es wird nicht näher ausgeführt, welchem Beruf er nachgeht. Angesichts rapider wirtschaftlicher Entwicklungen kommen in diesem Jahrzehnt die noch feudal geprägten Machtstrukturen auf den Prüfstand, und mit ihnen die zwischenmenschlichen Umgangsformen; Emanzipation ist das Stichwort.

Das Buch eroberte sich rasch seinen Platz in der Weltliteratur. Zum ersten Mal ins Deutsche übersetzt wurde es von Georg Schwarz und erschien 1924 als eines der ersten Bücher im Wiener Verlag von Paul Zsolnay. Diese Übersetzung blieb bis in die 1960er-Jahre lieferbar, u.a. als rororo-Taschenbuch. 1927 erschien eine mit Originalholzschnitten von Angelina Beloff (der ersten Frau von Diego Rivera) illustrierte (und dafür in der Kapitelaufteilung veränderte) Ausgabe bei Fayard in Paris in der Reihe »Le livre de demain«. 1931 wurde der Stoff von Paul Czinner verfilmt (mit Elisabeth Bergner in der Titelrolle), 1957 von Billy Wilder (mit Audrey Hepburn) unter dem Titel *Liebe am Nachmittag* mit umfangreicheren Veränderungen der äußeren Handlung.

Jede der drei französischen Ausgaben hat leichte Textabweichungen, meist die Behebung eines Satz- oder auch Kunstfehlers. Außer bei solchen redaktionellen Nachbesserungen wurde bei der vorliegenden Übersetzung der Erstfassung der Vorzug gegeben.

Der frühere Übersetzer fügt abweichend von den gedruckten Originalausgaben gelegentlich Erklärungen ein und lässt auch gelegentlich etwas weg. Die beiden auffallendsten Stellen seien hier mitgeteilt, weil sie beide mit dem Textverständnis zu tun haben.

Auf »Er ging seinem Beruf nach, und da hatte er wichtige Aufgaben.«) [109] folgt bei Schwarz eine Passage, die in keinem der drei Drucke zu finden ist:

»Er war Bevollmächtigter eines großen Petroleumkonzerns, dessen ausgedehnte Interessen er bald in Amerika oder London, bald in Japan oder Paris zu vertreten hatte und für den er in Rußland eben schwierige Verhandlungen führte, die eine weitere Ausbreitung der Gesellschaft im Kaukasus bezweckten.«

Ob mit oder ohne Segen des Autors erfolgt, zeigt diese Einfügung, dass das Kunstmittel der skizzierten Versuchsanordnung hier nicht erkannt wurde, sondern der Wunsch nach Ausmalung bestand.

Die zweite Stelle ist eine Weglassung von Schwarz gegenüber den drei Drucken: Nach »... gesprächig wie gewohnt« [152] werden die folgenden drei Absätze weggelassen.

Im deutschen Sprachraum der 1920er-Jahre überschritt es wohl kaum noch die Grenzen der Schicklichkeit, von Verhütung als konkretestem Hinweis auf sexuelle Handlungen zu schreiben; die Streichung ist wohl eher als eine Spiegelung des janusköpfigen Jahrzehnts vor dem Ersten Weltkrieg einzuordnen, das sich nur zögernd aus der Prüderie des 19. Jahrhunderts befreite.

Janusköpfig ist auch die vielfache Asymmetrie der Protagonisten. Ariane siezt Konstantin noch, wo er längst beim Du ist, doch sie ist es, die seine Moralvorstellungen und seinen Ehrbegriff herausfordert, in denen dieser frühe Global Player noch ganz dem 19. Jahrhundert verhaftet ist. Gescheit im Kopf und modern erzogen von ihrer emanzipierten Tante, stellt sie den Mann auf die Probe, ehe sie sich ganz auf ihn einlässt.

Es könnte als Schwachstelle in der Konstruktion des Buches angesehen werden, dass »sie sich am Ende kriegen«. Hat Konstantin das verdient, ließe sich einwenden, wo er sie erst lieben kann, als er Gewissheit hat, ihr erster Mann gewesen zu sein? Wie passt das denn zu seiner Weltläufigkeit? Oder anders: Er war so sehr vom Althergebrachten geprägt, dass er alle überdeutlichen Indizien nicht hatte sehen können und damit zum leichten Opfer wurde für ein Spiel, das sich zu einer schweren Prüfung auswuchs, bis er das antiquierte Ehrgetue abstreifen konnte. Und doch wird die moderne Frau, die das in Gang setzt, auch vom Erzähler stets als (junges) Mädchen bezeichnet.

Das Spannungsverhältnis der Zeiten spiegeln auch die Randfiguren: vom verwöhnten, wohlerzogenen, ansonsten glücklosen Erben bis zum kindlich-verliebten Studenten, vom verschmitzt-devoten Hotelportier bis zum gutaussehenden Modearzt, von der herzensguten, aber im klassischen Rollenbild verfangenen besten Freundin bis zur modern denkenden

Tante – vor dieser Staffage tanzt das junge Paar seinen intellektuell-erotischen Tanz.

Erotisch und rhetorisch: In dem literarischen Projekt, die Geschlechterrollen an einer Zeitenwende neu auszudiskutieren, nimmt sich der Erzähler zurück, belässt die Sexualität im abstrahierenden Vokabular alter Schule, garniert mit Anspielungen aus dem klassischen Bildungskanon (»Surgit amari aliquid [109] etwa rekurriert auf dem spätantiken Epikureer Lukrez, *De rerum natura* IV, 1134, wo es heißt: »Denn mitten vom Strudel der Freuden *erhebt sich / Plötzlich ein Wermutstropfen*, der unter den Blumen ihn ängstet«; »wo alles Ruhe, Lust und Seligkeit war« [224] auf Baudelaires *Einladung zur Reise* in den *Fleurs du Mal*), und skizziert die Szenerie mit einfachen Strichen. Seinen Zauber trägt dieser kleine Roman in den Dialogen, im unablässigen Reden über die Liebe.

Zum Autor und zu seinem Übersetzer

Claude Anet, eigentlich Jean Schopfer, geboren 1868 in Morges (Schweiz). Er studierte an der Sorbonne und an der École du Louvre und arbeitete als Reporter u.a. für *Le Temps* und *Le Petit Parisien.* 1892 wurde er französischer Tennismeister. Als Korrespondent des *Journal* wurde er 1917 Augenzeuge der Russischen Revolution in Sankt Petersburg. Neben Reiseliteratur und Theaterstücken veröffentlichte Anet mehrere Romane, darunter *Ariane, jeune fille russe* (1920), der für den Prix Goncourt nominiert und u.a. von Billy Wilder mit Audrey Hepburn verfilmt wurde. Claude Anet starb am 9. Januar 1931 in Paris.

Kristian Wachinger, geboren 1956, gelernter Buchhändler, studierte Germanistik und Romanistik in München, Nantes und Hamburg und arbeitete drei Jahrzehnte als Verlagslektor. Er übersetzte Werke u.a. von Giacomo Casanova, Prosper Mérimée, Georges Simenon und Laurent Binet.

Zum Buch

Ariane ist Abiturientin, intelligent, voller moderner Ideen, auch zur Emanzipation und zur Liebe. Da ihr die Männer zu Füßen liegen, gibt sie sich besonders cool. Und will mit ihnen so spielen, wie Männer es mit Frauen tun. Als sie dem älteren Konstantin begegnet, achten beide darauf, sich bloß nicht ineinander zu verlieben. Doch es kommt anders.

Eine Liebesgeschichte, die bei ihrem Erscheinen 1920 Wellen schlug. So lesen gleich zwei von Vladimir Nabokovs weiblichen Figuren in *Der Späher* diesen Roman Anets.